हिन्द पॉकेट बुक्स

अंधेरे में उजाला

हेलेन एलमिरा वेट अंग्रेजी की जानी-मानी लेखिका हैं, जिन्होंने कई विश्वप्रसिद्ध उपन्यास लिखे हैं। उपन्यासों के अलावा इन्होंने नाटक, कविताएं और कहानियां भी लिखी हैं। भारत समेत दुनिया के अनेक देशों में इनके असंख्य पाठक हैं। इनकी अधिकांश पुस्तकों का हिन्दी रूपांतरण कांति मोहन ने किया है।

हेलेन एलमिरा वेट

अंधेरे में उजाला

अनुवादक

कांति मोहन

हिन्द पॉकेट बुक्स
पेंगुइन रैंडम हाउस इम्प्रिंट

हिन्द पॉकेट बुक्स

यूएसए। कनाडा। यूके। आयरलैंड। ऑस्ट्रेलिया। सिंगापुर
न्यू ज़ीलैंड। भारत। दक्षिण अफ्रीका। चीन

हिन्द पॉकेट बुक्स, पेंगुइन रैंडम हाउस ग्रुप ऑफ़ कम्पनीज़ का हिस्सा है,
जिसका पता global.penguinrandomhouse.com पर मिलेगा

पेंगुइन रैंडम हाउस इंडिया प्रा. लि.,
चौथी मंज़िल, कैपिटल टावर -1, एम जी रोड,
गुड़गांव 122 002, हरियाणा, भारत

पेंगुइन
रैंडम हाउस
इंडिया

प्रथम संस्करण हिन्द पॉकेट बुक्स द्वारा 1959 में प्रकाशित
यह संस्करण हिन्द पॉकेट बुक्स में पेंगुइन रैंडम हाउस द्वारा 2022 में प्रकाशित

10 9 8 7 6 5 4 3 2

ISBN 9789353493684

मुद्रकः रेप्रो इंडिया लिमिटेड

www.penguin.co.in

FSC www.fsc.org
MIX
Paper from
responsible sources
FSC® C047271

This is a legitimate digitally printed version of the book and therefore might not
have certain extra finishing on the cover.

अंधेरे में उजाला

"बस अब एक मिनट में तुम तैयार हुई जाती हो। मिसेज़ होपकिंस बोलीं, और उन्होंने उसके बालों पर आखिरी बार कंघा फेरा। इसके बाद वे पीछे खड़े होकर उसे देखने लगीं। "मि० एनैग्लोज़ का कहना ठीक है—तुम वाकई मिस फ्रौंसिस फोलसम की तरह लगती हो!"

दर्पण में अपनी एक झलक देखकर एनी हर्ष से गद्गद हो उठी। यह सोचकर अब भी उसे हैरानी होती थी कि वह वाकई अपने आपको देख सकती है। उम्र के पहले सोलह सालों में वह करीब-करीब अन्धी रही थी। हां, अब वह खुद देख सकती थी कि वह वाकई फ्रैंसिस फोलसम—प्रेज़िडेंट क्लीवलैंड की नई पत्नी—की तरह लगती है। मिसेज़ होपकिंस ने उसके काले बालों को पहले एक ऊंचे जूड़े की शक्ल दी, और इसके बाद उन्हें छोटे-छोटे छल्लों की शक्ल में उसके चेहरे के चारों ओर लटका दिया था। अपनी सुन्दर सफेद पोशाक में एनी ऐसी लड़की लग रही थी जिसकी शादी होने वाली हो।

"अब," मिसेज़ होपकिंस फिर बोलीं, और खाट पर रखे एक सन्दूक की तरफ बढ़ीं। उन्होंने सन्दूक में से नीले रंग की एक सुन्दर चौड़ी पट्टी निकाली। यह पट्टी पोशाक के बीचोबीच पहनी जाने के लिए थी। वे इसे बहुत आहिस्ते से छू रही थीं। "यह फ्लोरेंस के लिए बनाई गई थी," वे धीरे से बोलीं। "आज मैं चाहती हूं कि इसे तुमको पहनाऊं।"

एनी को मालूम था कि मिसेज़ होपकिंस को अपनी इस अल्प-

जीवी बिटिया—फ्लोरेस—की सभी चीज़ों से कितना मोह है।

"आओ, अब चलने का समय हो गया," मिसेज़ होपकिंस बोलीं। "अगर प्रमुख वक्ता ही देर से पहुंची तो मि० एनैग्नोज़ नाखुश होंगे।"

एनी के मन में विस्मय की जो भावना सारे दिन छाई रही थी ट्रेमोंट बिल्डिंग पहुंचने पर वह और अधिक बढ़ गई। इसी बिल्डिंग में उन छात्रों को उपाधियां प्रदान की जाने वाली थीं जिन्होंने अन्धों के परकिंस स्कूल में अपनी पढ़ाई पूरी कर ली थी। क्या वह—एनी सुलिवान—वाकई सन् 1886 की कक्षा की प्रमुख वक्ता चुनी गई है? तभी परकिंस के अध्यक्ष, मि० एनैग्नोज़, उसका हाथ पकड़कर उसे प्रमुख वक्ता वाली कुर्सी की ओर ले जाने लगे।

वह यहां बोल भी पाएगी? इतने सारे लोग! और इतने प्रसिद्ध लोग, जिनमें मेसाचुसेट्स के गवर्नर तक शामिल हैं। पहले संगीत हुआ, फिर कुछ वक्ताओं के भाषण। वह बैठी सुनती रही और पहले से भी ज़्यादा हतोत्साह और विचलित होती रही। इसके बाद अचानक उसकी बारी आ गई। गवर्नर ने उसकी ओर देखकर ऐलान किया, "मिस एनी मैंसफील्ड सुलिवान!"

एनी किसी तरह उठकर खड़ी तो हो गई, लेकिन उसे अपने घुटने इतने कमज़ोर लग रहे थे कि उसे इस बात में शक होने लगा कि वह खड़ी रह सकेगी। उसे इतनी देर लग गई कि गवर्नर को उसका नाम दुबारा लेना पड़ा। अब उसने हिम्मत से काम लिया, और वह बोलने के स्थान की तरफ चली। एक मिनट बाद उसने गौर किया कि अपने बार-बार याद किए भाषण के दौरान उसकी आवाज़ में स्पष्टता और दृढ़ता आती जा रही है। यह देखकर उसे हैरानी हुई। उसे लगा कि दुनिया ठीक-ठिकाने पर आ गई है। अब वह बिना डरे कमरे में उपस्थित लोगों की रुचिशील और मैत्रीपूर्ण आंखों का सामना कर सकती थी।

मीटिंग के बाद मि० एनैग्नोज़ मुस्कराते हुए बोले, "डियर एनी! तुमने परकिंस स्कूल की बड़ी मदद की है। और जब मुझे वह दिन

याद आता है जब छः साल पहले तुम यहां आई थीं···"

परकिंस की छात्राएं उसे 'देखने' के लिए उसके चारों ओर जमा हो गईं। खुद अंधी रह चुकने के कारण एनी उनका मर्म समझती थी। उसने काफी देर तक उन्हें अपनी पोशाक और बालों पर अपनी उंगलियां फिराने का मौका दिया, और उनके सवालों का वह हंस-हंसकर जवाब देती रही।

और इसके बाद समारोह खत्म हो गया, और वह स्कूल के अपने छोटे कमरे में लौट आई। उसने आहिस्ता से दरवाज़ा बन्द कर लिया। दूसरी लड़कियां अभी तक तीसरे पहर के समारोह की खुशियों पर बातचीत कर रही थीं, लेकिन उस दिवस के विस्मय और सौन्दर्य का अन्तिम घूंट भरने के लिए उसे एकांत आवश्यक जान पड़ा।

उसे उस एनी सुलिवान की याद आई जो छः साल पहले परकिंस आई थी। वह एनी सुलिवान चौदह वर्ष की थी, और लगभग अन्धी थी। परकिंस में उससे ज़्यादा गंदे कपड़ों वाली, अपढ़ और बदसुलूक लड़की पहले कभी नहीं आई थी। कपड़ों के नाम पर उसके पास दो सादा पोशाकें और नीचे पहनने वाले दो सूटों के अलावा कुछ भी न था।

"एनी!" लड़कियां उसे पुकार रही थीं। "एनी!"

एनी ने सुना अनसुना कर दिया। यह एक ऐसा क्षण था जिसमें वह किसीको भागीदार नहीं बना सकती थी।

वह बीते दिनों की याद में खोई रही। परकिंस में उसका पहला दिन अच्छा नहीं बीता था। सबसे पहले मिलने वाली शिक्षिका ने उससे उसके नाम और आयु की बाबत पूछा। उसने नाम तो बता दिया, लेकिन जब शिक्षिका ने उससे एक शब्द के हिज्जे पूछे तो उसे यही जवाब देना पड़ा, 'मैं नहीं जानती। मैं किसी भी शब्द के हिज्जे नहीं कर सकती!'

'चौदह वर्ष की हो गई—और हिज्जे नहीं आते!' शिक्षिका ने ऐसी लड़की पहले कभी नहीं देखी थी। उसने यह बात एनी के मुंह पर कह दी, और एनी समझ गई कि इस शिक्षिका का व्यवहार

सहानुभूतिपूर्ण नहीं है। लेकिन अभी उसे इससे भी बुरी बातें सुननी थीं। अन्धी लड़कियों ने नवागंतुक को चारों ओर से घेर लिया, टटोलकर उसका सामान देखा और तब हैरानी से पूछा:

'तुम्हारे कपड़े—और बाकी सामान—कहां है?'

एनी को अपना सिर हिलाकर उदास स्वर में उन्हें बताना पड़ा कि उसके पास कुछ भी नहीं है। उन लड़कियों ने इससे पहले ऐसी लड़की देखी ही न थी जिसके पास अपना कोट, जूतों की एक दूसरी जोड़ी या और चीज़ें न हों। उन्होंने यह बात उसके मुंह पर कह दी, और जी खोलकर उसपर हंसीं।

'तुम्हारी मां ने तुम्हारे लिए कुछ ऐसी चीज़ें बना क्यों नहीं दीं?'

"मां मर चुकी है,' ऐनी ने कहा, 'मेरा छोटा भाई भी मर चुका है। दुनिया में मेरा कोई नहीं है।'

उसका बाप और एक बहन अभी ज़िन्दा थे। लेकिन वह यह बता नहीं सकती थी कि चार साल पहले जब उसकी मां मरी थी तो उसका बाप अपने परिवार को छोड़कर भाग गया था। एक स्वजन ने उसकी नन्ही बहन को ले लिया था। लेकिन एक प्रायः अंधी लड़की और एक छोटे बीमार लड़के को लेना कोई नहीं चाहता था। उनको ट्यूक्सबरी पूअरहाउस, जोकि देश-भर में अपने ढंग की सबसे रद्दी संस्था थी, में दाखिल कर दिया गया। वहां हालात ऐसे थे कि उसके भाई जिम्मी ने दो ही महीनों में दम तोड़ दिया। जब राज्य सरकार ने फ्रैंक बी० सैनबर्न को वहां का मुआइना करने भेजा तो एनी को ट्यूक्सबरी में रहते चार साल हो चले थे।

एनी को याद आया कि जिस दिन वे वहां का मुआइना कर रहे थे तब वह 'मि० सैनबर्न' की गुहार देती हुई कमरों में से बेसाख्ता भाग पड़ी थी। जब एक मरदानी आवाज़ ने उसको गुहार का उत्तर दिया तो वह रोकर बोल उठी थी, 'मुझे ठीक से दिखाई नहीं देता–और मैं स्कूल जाना चाहती हूं!'

और इस तरह उसे ट्यूक्सबरी से मुक्ति मिली। जब वह चली तो उसपर विशेष रूप से सदय एक बुढ़िया ने उससे कहा था, 'कभी

भी किसीको भी यह मत बताना कि तुम पूअरहाउस से आई हो।' एनी ने वादा किया था, 'कभी नहीं बताऊंगी!'

शिक्षिकाओं और अधिकारी-वर्ग को इस बात का पता था, लेकिन एनी ने ठान लिया था कि चाहे मर जाए, लेकिन अपनी सहपाठिनों को इस बाबत नहीं बताएगी। पहली रात सोने से पहले वह जी भरकर रोई, और अनेक रातों तक रोने का यह सिलसिला चलता रहा था।

परकिंस में आकर उसे ऐसा लगा मानो वह एक नई ही दुनिया में आ गई हो। उसे न सिर्फ पढ़ाई शुरू करनी थी, बल्कि एक नई तरह की ज़िन्दगी के तौर-तरीके सीखने थे। उसका परिवार हमेशा बड़ा दरिद्र रहा था। उसकी मां अक्सर बीमार रहती थी और ट्यूक्सबरी में उसका जीवन बड़ा कष्टमय था। यहां परकिंस में उसकी सहपाठिनें अंधे होने के बावजूद अमीर थीं। वे डाक्टरों, व्यापारियों और कामयाब फार्म-मालिकों की बच्चियां थीं। ये लड़कियां खुश थीं, इनकी सुख-सुविधा पर उचित ध्यान दिया जाता था, जबकि एनी का सुखी और सुरक्षित जीवन से कोई परिचय ही न था।

अगर वह दिल छोड़ देने वाली लड़की होती तो परकिंस में पहले साल ही उसका काम तमाम हो जाता। लेकिन एनी सुलिवान इस तरह कंधा डाल देने वाली जीव नहीं थी। वह परकिंस में पढ़ने के इरादे से आई थी, और इसमें उसने इतना दिल लगाया कि जल्दी ही वह अपनी हम-उम्र छात्राओं के साथ बैठने लगी। लेकिन परकिंस में उसकी सबसे बड़ी उपलब्धि यह रही कि यहां रहकर उसने सत्यं, शिवं, सुन्दरम् का दर्शन करना सीखा।

परकिंस में उसे अच्छा माहौल मिला। उसकी ज़्यादातर शिक्षिकाएं उसपर महरबान रहीं। लेकिन एक बात ऐसी थी जिसके लिए वह परकिंस के प्रति आजीवन अभारी रहेगी। किसीने उसे बताया था कि उसकी आंखें ठीक हो सकती हैं, और एक दिन उसे आंखों के अस्पताल भेजा भी गया। इसके बाद उसके दो आपरेशन हुए। पहले आपरेशन के वक्त वह पन्द्रह साल की थी। दूसरा आपरेशन

एक साल बाद हुआ। आपरेशन होने के बाद उसे दिखाई देने लगा था! पूरी तरह तो नहीं—डा० ब्रैडफर्ड ने उसे बताया था कि पूरी तरह तो शायद कभी नहीं देख सकेगी, और उन्होंने अपनी आंखों पर ज़्यादा ज़ोर डालने को भी मना किया था। लेकिन—वह देख सकती थी! वह पढ़ना सीख सकती थी!

आंखों की रौशनी लौटने के बाद भी वह परकिंस में बनी रही, क्योंकि और कोई जगह ऐसी न थी जहां वह जाती। वह छोटे बच्चों को पढ़ाने के काम में हाथ बंटाने लगी। लेकिन अब—अब वह करे क्या? वह अच्छी तरह समझती थी कि उसकी सहेलियां पिछले कई हफ्तों से इसी बात को लेकर परेशान हैं। क्या उसे—क्या आखिर-कार उसे ट्यूक्सबरी ही लौटना होगा? इस खयाल से ही वह कांप उठती थी।

वह उठ खड़ी हुई और अपनी सुन्दर चीज़ें हटाने लगी। डिनर की घण्टी बज रही थी। उसे नीचे जाना है, और दूसरी लड़कियों की तरह खुश-खुश नज़र आना है। कम से कम आज उसे यही ज़ाहिर करना होगा कि बोस्टन नगर की सबसे खश लड़की खुद वही है।

लेकिन शायद एक व्यक्ति सब-कुछ समझ रहा था। न्यू इंग्लैंड की महिला मिसेज़ होपकिंस ज़ाहिरा तौर पर ऐसी नहीं लगती थीं कि बेचैन एनी सुलिवान का दर्द बांट सकें, लेकिन जब तक वे ज़िंदा रहीं, एनी के साथ उनका निभाव बहुत ही अच्छी तरह हुआ। एनी के कमरे में घुसते ही मिस मूर उसे देखकर गर्वपूर्वक मुस्करा उठीं।

"तुम बहुत अच्छी तरह बोलीं प्रिय एनी," उन्होंने उससे कहा, "मुझे तुमसे ऐसी ही उम्मीद थी। एनी, हम सबको तुमपर गर्व है!" मिस मूर के मुंह से निकले होने के कारण इन शब्दों का एक विशेष महत्त्व था। मैरी मूर ने छः वर्ष पहले की उद्दंड बालिका एनी को पढ़ाने और सधाने में विशेष समय और ध्यान दिया था।

"एनी, यहां मेरे पास बैठो।" "नहीं, आज वह मेरे पास बैठेगी।" "ओह एनी, आज तुम यहां आकर हमारे पास बैठो।" छोटी लड़कियों ने कहा और अपने नन्हे हाथ फैला दिए। लेकिन एनी सबकी बात

सुनती, धीरे-धीरे आगे बढ़ती रही।

"मैं आज लोरा के पास बैठूंगी।" उसने कहा और एक शान्त स्वभाव की महिला के पास जाकर बैठ गई, जिसकी चुप्पी अजीब-सी लगती थी। एनी के हाथ का स्पर्श पाते ही लोरा का चेहरा एकबारगी खिल उठा। उसने हवा में तेज़ी से अपनी उंगलियां चला-कर कुछ इशारे किए और एनी ने उसके जवाब में लोरा के हाथ में कुछ लकीरें-सी बनाईं। लोरा ब्रिजमैन बहरी, गूंगी और अन्धी थी। दूसरों से बात करने का उसके पास एक ही तरीका था। वह बहरों के उंगलियों वाले अक्षरों से ही बात करती थी। सभी शिक्षिकाएं और छात्राएं इन अक्षरों का प्रयोग करना जानती थीं, क्योंकि लोरा सात वर्ष की उम्र से ही परकिंस में रहती आई थी।

डिनर के वक्त लोरा ने एनी से सवालों की झड़ी लगा दी। एनी ने उंगलियां चलाकर उसे जवाब दिए। वह उसे टेबिल पर होने वाली बातें बताती रही और कुछ देर बाद लोरा के अपने कमरे में जाकर उसे तीसरे पहर हुए समारोह के बारे में बताने का वायदा किया।

स्कूल वाकई कामयाब रहा था। लेकिन अब वह करे क्या? एक ऐसी लड़की, जिसकी आंखें भी पूरी तरह ठीक न हों, जीवन में कर भी क्या सकती है?

परकिंस में गरमियों की छुट्टियां हो गईं, और उसे कोई जवाब नहीं मिला। और यद्यपि एनी मुस्कराती, और अपना सिर ऊंचा किए रही, लेकिन मन-ही-मन वह डर भी रही थी।

"तुम हर साल की तरह मेरे साथ ब्रूस्टर चल रही हो," मिसेज़ होपकिंस ने कहा, "अगर कोई तुम्हें नौकरी देना चाहेगा तो वह बोस्टन की जगह ब्रूस्टर में तुमसे मिल सकता है।"

मिस्टर एनैग्नोज़ इसपर सहमत हो गए। "यह ठीक कहती हैं, प्रिय एनी। बिल्कुल ठीक कहती हैं। तुम्हारी सभी शिक्षिकाएं, और मैं खुद, हम सब तुम्हारा खयाल रखेंगे। हम तुम्हें सूचना देंगे, तुम घबराओ मत। अब जाओ, और छुट्टियों के मज़े लूटो।"

एनी ने उन्हें धन्यवाद दिया, लेकिन वह मुस्करा नहीं सकी।

'घर' कह सकने योग्य दुनिया में उसके लिए एक ही जगह थी। वह जगह थी—परकिंस स्कूल फार द ब्लाइंड। क्या एनी के लिए उसके दरवाज़े हमेशा-हमेशा के लिए बन्द हो जाएंगे?

2

ब्रूस्टर के उस केप काड नामक गांव में कुछ खासियत थी। यहां आकर एनी खुश रहने लगी, मिसेज़ होपकिंस को उम्मीद भी यही थी। सोफिया होपकिंस इस लड़की को इतनी अच्छी तरह समझती थी कि एनी को आश्चर्य होता था।

यह सोफिया होपकिंस अपने को किसीके प्रति, किसी उद्देश्य के प्रति, समर्पित कर देने की भावना से प्रेरित होकर परकिंस आयी थी। बरसों पहले उसका पति, जोएक समुद्री कप्तान था, अपने जहाज़ पर ही गुज़र गया था। कुछ ही पहले उसकी चहेती इकलौती बिटिया भी चल बसी थी। उसकी अपनी मां अकेली रहकर बड़ी खुश थी, लेकिन सोफिया अकारथ जीवन जीना नहीं चाहती थी।

एक दिन उसने तट पर कुछ अंधे लड़कों को खेलते देखा, और उसके दिल में यह खयाल आया : मुझे यही काम करना है! जब उसने नौकरी की तलाश की तो उसे उस गृह की गृहिणी-मां बना दिया गया जहां एनी को रहते तीन साल हो चुके थे।

एनी पढ़ाई में तो ठीक चल रही थी, लेकिन अभी वह खुश नहीं थी; न कोई उसे प्यार करता था न किसीको वह चाहती थी। मिसेज़ होपकिंस का बरतावा सभी लड़कियों से बड़ा अच्छा था। शायद इसी वजह से कई लड़कियों ने बहुत तेज़ी से तरक्की करनी शुरू कर दी। मिसेज़ होपकिंस यह अच्छी तरह समझ चुकी थीं कि एनी सुलिवान ऐसी लड़की है जिसे उनकी बहुत ज़्यादा ज़रूरत है। तब तक एनी का भविष्य अनिश्चित था। यह भी संभव था कि टयू-क्सबरी के अनुभवों और परकिंस में शुरू की कठिनाइयों के कारण जो आघात उसे पहुंचे हैं उनका उपचार न हो सके, और यह भी

संभव था कि इन्हींके कारण अन्य पीड़ित व्यक्तियों के लिए उसके मन में एक गहरी समवेदना उत्पन्न हो जाय।

एक दिन मिसेज़ होपकिंस ने एक शिक्षिका से कहा, "यह लड़की कुछ करके दिखा सकती है। अगर हम इसके दिल की तह तक पहुंच सकें तो पता चलेगा कि इसका दिल बहुत बड़ा है, और उसमें सबके लिए प्यार है।"

एनी ज़िद्दी और अस्थिरबुद्धि थी, लेकिन जीवन-भर दयालुता और समवेदनापूर्ण व्यवहार की उपेक्षा वह कभी नहीं कर पायी। मिसेज़ होपकिंस में ये दोनों गुण प्रचुर मात्रा में थे। इससे पहले एनी को कभी प्यार नहीं मिला था, और उसे यह कुछ अजीब-सा लगा। लेकिन प्यार उसे अच्छा लगा और बदले में उसने भी प्यार देने की कोशिश की। वह अपने से छोटी अंधी लड़कियों को इतवार के दिन चर्च ले जाने लगी। वह उनकी पढ़ाई में मदद करने लगी, उदासी और अकेलापन महसूस करने वाली लड़कियों को खुश करने की कोशिश करने लगी। एनी को पता था कि अकेलापन किसे कहते हैं।

जब सन् 1884 में परकिंस गरमियों की छुट्टियों में बन्द हुआ तो मिसेज़ होपकिंस ने पहली बार एनी से ब्रूस्टर में अपने घर चलकर रहने के लिए कहा। वहां जाकर एनी को जो खुशी हासिल हुई उसे वह कभी भुला नहीं सकी। इससे पहले वह ऐसी जगहों में तो भेजी जा चुकी थी जहां वह गरमियों में अपनी गुज़र-बसर करने के लिए नौकरी कर सके, लेकिन बिना किसी तरह के बन्धन के गरमियां बिताने का उसे यह पहला ही मौका मिला था।

और ब्रूस्टर! पहले दो हफ्तों में ही वह इस जगह पर जान देने लगी। यहां खुला गोल आकाश था, सुन्दर घर थे जो बोस्टन की चौकोर और धूल-भरी-सी इमारतों से बिल्कुल जुदा थे। यहां प्यारे-खुले खेत थे और लम्बा-सुनहरा तीर। इन सबने उसकी सौंदर्य-वृत्ति को तृप्त किया।

और ब्रूस्टर के लोग—उन्होंने भी उसकी कुछ ज़रूरतों को पूरा किया। इससे पहले वह ऐसे लोगों में—जो उसे पूरी तरह अंगीकार कर लें—कभी नहीं रही थी।

घर ने उसकी खुशी को और भी दोबाला कर दिया था। पति की ही भांति मिसेज़ होपकिंस के पिता भी समुद्री कप्तान ही थे। वे दुनिया-भर से चुन-चुनकर चीज़ें लाए थे, और यह घर उनसे भरा था।

लेकिन ब्रूस्टर में भी एनी अपने मन की ही बात मानती थी। आने के कुछ ही बाद मिसेज़ होपकिंस ने उसे एक छोटी-सी सड़क दिखायी। उन्होंने एनी को बताया कि यह सड़क "एक ऐसी जगह जाती है जहां एक बूढ़ा अजनबी एकदम अकेला रहता है।" परकिंस की कोई भी लड़की यह सुनकर उधर जाने का नाम न लेती, लेकिन एनी रुकने वाली नहीं थी। मौका मिलते ही उसने वह सड़क पकड़ी, और अपने आप को सागर-तट पर एक खुली जगह में पाया। वहां एक अजीब-सा घर था, और एक साफ-सुथरा बूढ़ा आदमी था जिसे देखकर उसे एक किताब का हवाला याद आ गया।

बूढ़े ने गुस्से से उसकी ओर देखा, और उसे बताया कि उसे मेहमानों की—संग-साथ की, खास तौर पर औरतों के साथ की—ज़रूरत नहीं है। लेकिन शायद उसे लगा हो कि यह लड़की डरने वाली नहीं है, क्योंकि आखिरकार उसे एनी से बैठने के लिए कहना ही पड़ा।

"तुम्हें मुझसे डर नहीं लगता?"

एनी ने कहा, "नहीं, अब नहीं। पहले लगा था। लेकिन तुम पागल तो नहीं निकले।"

"ओह, शुक्रिया!" बूढ़ा बोला। "पता नहीं तुम कैसे कहती हो, लेकिन मैं पागल हूं नहीं। तुममें दूसरे ज़्यादातर लोगों से ज़्यादा अक्ल है। तुम ब्रूस्टर की रहने वाली तो नहीं, क्या हो?"

एनी के नकार देने पर बूढ़ा हंस पड़ा। "हो ही नहीं सकतीं। तुम बहुत अक्लमंद हो!"

जब एनी जाने के लिए उठी तो बूढ़े ने उससे फिर आने के लिए कहा। वह गयी भी। उसने मिसेज़ होपकिंस को समझा दिया कि यद्यपि वह सब लोगों से अलग रहता है, और कुछ अजनबी-सा लगता है, लेकिन वह है बिल्कुल ठीक-ठाक।

लिहाज़ा, एनी को ब्रूस्टर के उस बूढ़े से, एक बार नहीं बल्कि उस साल और अगले साल गरमियों में कई बार, मिलने की इजाज़त दे दी गयी। उनमें मैत्री हो गयी, और एनी उस बूढ़े को कभी नहीं भूली—वह युवा लड़की और वह बूढ़ा आदमी जो उससे कहीं अधिक अकेला था जितना वह अपने को मानता था। वह उसे अपने समुद्री जीवन की कहानियां सुनाया करता था, लेकिन उसने अपना नाम कभी नहीं बताया। एनी उसे कैप्टेन डैड (पिता) कहने लगी, बदले में वह भी उसे डौटर (बेटी) कहने लगा। उस बूढ़े आदमी की जो तस्वीर एनी के दिमाग पर सबसे स्पष्ट रूप से अंकित रही वह थी जिसमें कैप्टेन डैड अपने 'मित्रों' के साथ बैठे थे।

उसे इस बात पर हैरत थी कि कैप्टेन डैड जैसा समझदार और खुशदिल इन्सान लोगों से दूर रहना क्यों चाहता है। एक दिन बड़ी सादगी से वह यह सवाल कर बैठी। कैप्टेन डैड ने जवाब दिया, "दूसरी जगहों पर बातें बहुत हैं, आदमी—खास तौर पर औरतें—बहुत हैं!"

लड़की ने पूछा, "लेकिन क्या आप कभी अकेलापन नहीं महसूस करते? कभी आप यह नहीं चाहते कि आपके कुछ दोस्त आपके पास हों?"

"दोस्त हैं। बहुत-सारे हैं। वे इन्सानों से अच्छे हैं। जब भी मैं चाहता हूं, आ जाते हैं। मैं आवाज़-भर लगाता हूं, वे आ जाते हैं।"

एनी का दिल तेज़ी से धड़कने लगा। उसे लगा कि यह बात कुछ अजीब-सी है। "कैप्टेन डैड! मुझे उनसे मिलवाइए न, मेरी मौजूदगी में आप उन्हें क्यों नहीं बुलाते?"

बूढ़ा बोला, "नहीं! तुम्हें देखकर वे डर जाएंगे। वे मेहमानों के—खास तौर पर औरतों के—आदी नहीं है। तुम उन्हें पसन्द नहीं आओगी।"

"यह आप कैसे कह सकते हैं?" एनी ने पूछा। "उन्होंने मुझे देखा ही कहां है?"

"कैप्टेन डैड ने नज़र भरकर उसे देखा। तब उन्होंने कुछ सोचते हुए एक नज़र आसमान पर डाली, और धीरे से हंसे। शायद उन्हें एनी का जोश भा गया। वह उठ खड़े हुए।

"तुम चुपचाप बैठी रहना, चाहे कुछ भी हो। समझीं न?" यह कहकर वह संन्यासी अपनी कुटिया में गया और वहां से एक बक्सा निकालकर लाया। उसने बताया कि बक्से में "दोस्तों के लिए दिनर" है। डिनर अनाज और मछलियों से तैयार किया गया था। उसने अपने मुंह से एक आवाज़ निकाली। एनी ने बाद में इसे 'अजीब, चिड़ियों-जैसी, बहुत तेज़ लेकिन खुशगवार' आवाज़ कहा। और कैप्टेन डैड समझ गए कि यह डरने वाली लड़की नहीं है। पहली आवाज़ सुनते ही सभी दिशाओं से समुद्री पक्षी आने लगे। ये पंछी घूमते और चक्कर लगाते कैप्टेन डैड के पास आने लगे और ऊंची आवाज़ में उनकी आवाज़ का जवाब देते हुए उनके चारों ओर जमा होने लगे। एनी निःशब्द बैठी थी। पंछियों की संख्या बढ़ती ही गई, और वे उनके सिर पर, हाथों और कन्धों पर, बैठने लगे।

'भला इनकी संख्या क्या होगी?' एनी ने अपने मन में सोचा। ऐसा लगा जैसे वे हज़ारों की तादाद में हों। उनके कारण सागर का तट काला दिखाई देने लगा था। कैप्टेन डैड उनसे बात करते रहे। आखिर सारा चुग्गा खत्म हो गया और सारे पंछी उड़कर सागर-पार चले गए।

एनी ने इसके बाद यह दृश्य कई बार देखा, लेकिन इसकी सुन्द-रता से वह हर बार कुछ विचलित-सी हो उठती थी।

गरमियों में कैप्टेन डैड के साथ जो समय उसने बिताया वह सबसे अधिक प्रसन्नतादायक था। लेकिन वैसे ब्रूस्टर की हर चीज़ ही उसके दिल में घर कर गयी थी।

और इस बार केप पर गरमियां बिताने वह तीसरी (और शायद अन्तिम) बार आयी थी। एनी समझती थी कि इस बार उसका यहां आना खास तौर पर अच्छा है। प्रश्नों, संशयों, आशंकाओं और आशाओं से भरे मन वाले आदमी के लिए ब्रूस्टर बहुत ही अच्छा स्थान था। ऐसा नहीं था कि उसने आते ही इस प्रश्न का उत्तर पा लिया हो कि आजीविका के लिए उसे क्या करना है। लेकिन उसके विचारों ने बार-बार उसके दिमाग में चकराना बन्द कर दिया था। यहां समुद्र के किनारे बैठकर मन की गुत्थी सुलझाना कहीं आसान था।

लेकिन अभी एनी सुलिवान के सामने उसका भविष्य एक बड़ा प्रश्नचिह्न बनकर खड़ा था। उस दिन वह भारी मन से घर की ओर वापस लौट रही थी। घर में घुसते ही रसोई में से उसे मिसेज़ होपकिंस की आवाज़ सुनायी दी।

"एनी! तुम्हारी एक चिट्ठी आयी है। मिस्टर एनैग्नोज़ ने भेजी है।"

चिट्ठी—मि. एनैग्नोज़ की? पता नहीं क्यों उस भारी चिट्ठी को उठाते समय उसके हाथ कांपने लगे। लिफाफा फाड़ना मुश्किल हो गया। फटते ही दो दूसरे पत्र लिफाफे में से गिर पड़े। उसने देखा कि ये पत्र मि० एनैग्नोज़ को भेजे गए थे। तब उसने अपने नाम लिखा गया उनका पत्र पढ़ना शुरू किया:

अगस्त 26,1886

प्रिय एनी,

संलग्न दोनों पत्रों को ध्यान से पढ़ो, और लिखो कि क्या तुम्हें मि० केलर के परिवार में उनकी छोटी बहरी-गूंगी और अंधी लड़की की शिक्षिका बनकर रहना मंज़ूर है...

तुम्हारा

एम० एनैग्नोज़

एनी ने धड़कते दिल से उन दो पत्रों को पढ़ा जिनपर 'टस्कंबिया, अलाबामा, के आर्थर केलर' के दस्तखत थे। पत्रों को पढ़ने के बाद उसकी सारी आशंकाएं काफूर हो गयीं। एनी को उसका काम मिल गया था। यह काम ऐसा था जो नया था, कुछ निराला था, कुछ ऐसा था जो मशक्कत चाहता था।

घर से दौड़कर वह रसोई में गई और मिसेज़ होपकिंस की बांहों में सिमट गयी। उसकी बोली नहीं निकल रही थी। उसने मि० एनैग्नोज़ का वह पत्र मिसेज़ होपकिंस की आंखों के आगे फैला दिया। तब अचानक उन्होंने साथ-साथ रोना और हंसना शुरू कर दिया, और एनी बार-बार कहने लगी, "यह काम ऐसा है जिसे मैं कर सकती हूं! मैं जानती हूं कि मैं कर सकती हूं! मैं यह समझती हूं!"

3

एनी अपनी कमज़ोर आंखों पर ज़्यादा से ज़्यादा ज़ोर देकर देख रही थी। लेकिन बोस्टन के बर्फीले स्टेशन पर जमा भीड़ में वह मिस्टर एनैग्नोज़ का चेहरा या मिसेज़ होपकिंस का विदाई देता हुआ हाथ नहीं देख पा रही थी। उसे मालूम था कि वे दोनों उस भीड़ में ही हैं, और गाड़ी छोड़कर ही जाएंगे। उसने अपनी सीट का हत्था मज़बूती से पकड़ रखा था ताकि कहीं ऐसा न हो कि वह ट्रेन से उतरकर यह चिल्लाती हुई बाहर दौड़ पड़े, 'रुको रुको। मुझे अलाबामा नहीं जाना है। मुझे बोस्टर में ही कोई काम दो!'

और तभी ट्रेन चल दी। एनी की यात्रा का पहला हिस्सा शुरू हो गया। अचानक उसे, सरदियों के गरम कपड़ों में भी, सरदी लगने लगी।

उसके हाउस की सभी लड़कियां और परकिंस के सभी शिक्षक आज सुबह उसके चारों ओर जमा हो गए थे। उन्हें यह सब-कुछ बड़ा अजीब-सा लग रहा था और मि० एनैग्नोज़ के शब्दों में जो 'मोटी तनख्वाह' एनी को मिलने वाली थी उसपर वे सब हैरान थे। उसे पच्चीस डालर प्रतिमास मिलने थे। एनी उनके बीच खड़ी थी, अपने नये धूसर रंग के कपड़ों में वह सुन्दर लग रही थी, और खुश होकर हंस रही थी। जब उसके मन में यह तस्वीर उभरती थी, कि वह एक ऐसी लड़की की मदद करने जा रही है जो बहरी-गूंगी और अंधी है, तो उसे कुछ अजब-सा लगता था।

तब एनी ने साफ तौर पर समझा कि वह करने क्या जा रही है, और वह डर गयी। वह दूर जा रही थी—एक हज़ार मील से भी ज़्यादा दूर—अपने सभी परिचितों से दूर—एक ऐसा काम करने के लिए जिसमें आज तक एक या दो बार ही सफलता मिल सकी है। उसे एक ऐसी बच्ची के पास पहुंचना और उसे पढ़ाना था जो न उसे देख सकती है और न उसकी आवाज़ ही सुन-समझ सकती है। अगर उस अंतिम क्षण में वह मुखर हो पाती तो वह कहती, 'मुझे

वापस जाने दो!' लेकिन ये लफ़्ज़ उसकी ज़बान पर नहीं आए और मि० एनैग्नोज़ व मिसेज़ होपकिंस जा चुके थे। अब तो वह अपनी सीट का हत्था पकड़े खिड़की में से बोस्टन नगर को पीछे छूटता-भर देख सकती थी।

सुखद भविष्य के बारे में उसके उत्साह पर पानी फिर गया। यह खयाल भी उसके दिमाग से निकल गया कि यह काम उसके मतलब का है। लोरा ब्रिजमैन के संपर्क के कारण शायद वह केलर परिवार में अपने इस काम को कुछ ज़्यादा अच्छी तरह ज़रूर कर सकती थी, लेकिन नन्ही हेलेन केलर को पढ़ाना उसके बूते के बाहर होगा। लोरा ब्रिजमैन को समझाना और उसके उंगलियों के इशारों को समझना और बात थी। लेकिन जो बच्चा एक अंधेरी और शब्दहीन दुनिया में कैद है, उस तक कैसे पहुंचा जा सकता है? लेकिन फिर भी वह इस अवसर को हाथ से निकलने नहीं देना चाहती थी। अब एनी को याद आया कि पिछली गरमियों में एक रात को वह सो नहीं सकी थी और रात-भर यही सोचती रही थी कि किससे मदद ली जाय। और तभी अचानक उसे एक बात याद आयी। उसने शिक्षिकाओं को उन रिकार्डों की बाबत बात करते सुना था जो डा० सैमुअल हो और उनके सहायकों ने रखे थे। ये रिकार्ड परकिंस की छात्राओं—विशेषतः लोरा ब्रिजमैन—के शिक्षण से संबद्ध थे। हूं, वे रिकार्ड! हां, ठीक तो हैं। वे रिकार्ड उसे सब-कुछ बताएंगे, क्या नहीं?

मिस्टर एनैग्नोज़ के पत्र के उत्तर में एनी ने लिखा था कि उसे मि० केलर के यहां काम करना मंज़ूर है। लेकिन उसका खयाल था कि फिलहाल वह इसके लिए तैयार नहीं है। उसने पूछा था कि क्या परकिंस के डाइरेक्टर उसे परकिंस लौटकर लोरा ब्रिजमैन की पढ़ाई से संबद्ध कागज़ात (रिकार्ड) का अध्ययन करने और नयी नौकरी के लिए अपने-आपको तैयार करने की इजाज़त दे सकेंगे?

परकिंस के डाइरेक्टरों ने इजाज़त दे दी इस तरह पतझड़ के दिनों में एनी एक बार और परकिंस लौट आयी। शिक्षिकाएं

इससे प्रसन्न ही हुईं और उन्होंने उसे सहयोग दिया। लोरा ब्रिजमैन की खुशी का तो कोई ओर-छोर ही न था। वह एनी को बार-बार चूमने लगी।

लोरा ने उंगलियों के इशारे से कहा, "तुम उस नन्ही-प्यारी-सी लड़की को ढेर-सारी बातें सिखाना। सबसे ज़रूरी यह है कि वह अच्छा बनना और कहना मानना सीखे!"

हाउस की सभी लड़कियां खुश हो गयीं। उनका एनी इतनी दूर—अलाबामा—जा रही थी, और उसको नौकरी भी तो कितनी अद्‍भुत मिली थी!

एनी ने खुद डा० हो के रिकार्डों और लोरा की दूसरी शिक्षि-काओं द्वारा तैयार किए गए नोट्स का अध्ययन किया। उसने उस छोटी लोरा ब्रिजमैन को समझने की कोशिश की जिसे सन् 1837 में परकिंस लाया गया था। उसने अपने मन में परकिंस के पहले डाइरेक्टर युवा डा० सैमुअल ग्रिडले हो की तस्वीर उतारनी चाही और उन्होंने बच्चे को धीरे-धीरे और सावधानी से जिस तरह सिखाना शुरू किया था उसे समझने की कोशिश की।

पहले उन्होंने चाभी, चम्मच और किताब आदि चीज़ों पर कुछ निशान और उभरे हुए अक्षर बनाए (लोरा को ब्रेल लिपि नहीं सिखाई गयी थी)। तब इन अलग-अलग चिह्नों को एक बक्से में रख दिया गया और उसे सादा चाभी, चम्मच और किताब आदि दिए गए। अब लोरा से हर एक पदार्थ और हर एक चिह्न को अलग-अलग छुवाया गया। इसमें कई हफ्ते लगे, लेकिन आखिरकार लोरा के दिमाग में यह बात बैठ गयी कि 'के-ई-वाई' अक्षरों से मिल कर 'की' और 'बी-ओ-ओ-के' अक्षरों से मिलकर 'बुक' बनता है। हर एक का अपना एक नाम है, और यही बात और सब चीज़ों के बारे में सच है। अंत में डा० हो ने अपनी एक शिक्षिका को बहरे-गूंगों की वर्णमाला सीखने के लिए भेजा। उसने बच्ची के हाथ पर वे अक्षर बना-बनाकर लोरा को उन वर्णों का ज्ञान करा दिया।

यह आसान नहीं था। इसका कोई भी हिस्सा आसान या सादा नहीं था—लेकिन यह संभव हो सका था। यह काम कड़ी

मेहनत का लगाता था, लेकिन एनी सुलिवान मेहनत से जी चुराने वाली नहीं थी।

रिकार्डों का अध्ययन करना एनी के लिए कठिन काम था। कोई दूसरा आदमी इस काम को शायद कम समय में पूरा कर लेता, लेकिन ज़्यादा काम करने से एनी की आंखें दुखने लगती थीं। दिन-भर पढ़ने के बाद उसकी आंखें दर्द करने लगती थीं। रिकार्डों से उसे क्या सहायता लेनी है, इसका निर्णय करने में उसे छः महीने लग गए। जब वह अपनी आंखों को आराम देती थी उन दिनों वह नन्ही हेलेन को पढ़ाने की योजनाएं तैयार करती चलती थी। उसने उभरे हुए अक्षरों वाली तीन किताबें, ब्रेल लिपि में लिखने के लिए एक खास तरह का बोर्ड और अपने काम की कुछ दूसरी चीज़ें जुटा ली थीं।

हाउस के बच्चे तक उसकी योजनाओं में मदद करना चाहते थे। "आओ हम मिस एनी को हेलेन के लिए एक गुड़िया खरीद दें।" उनमें से एक बोला।

"और मिस लोरा से उसे कपड़े पहनवा दें!" लीडिया बोली। जब नन्ही लड़कियों—और लोरा—ने अपना वह तोहफा दिया तो खुशी के मारे एनी रुआंसी हो उठी। गुड़िया बड़ी खूबसूरत थी और उसे बच्चों के बचत-बैंक की ओर से खरीदा गया था। गुड़िया के कपड़े तो बहुत ही सुंदर थे क्योंकि लोरा ब्रेजमैन ने उन्हें जी-जान लगा कर बनाया था।

"हेलेन के सबसे पहले मैं डाल (गुड़िया) शब्द ही सिखाऊंगी," उसने उनसे वायदा किया।

उसके प्रति सभी का व्यवहार बड़ा अच्छा था। मिस्टर एनैग्नोज़ ने रेल-किराये के लिए उसे धन दिया था, और प्रिय मिसेज़ होप-किंस ने कपड़े ठीक-ठाक करने और थैले में रखने में उसकी मदद की थी।

"कपड़ों की तो तुम फिक्र ही मत करो, प्रिय एनी!" उन्होंने कहा। "मैंने तुम्हारे लिए वही ड्रेस चुनी है जो तुम्हारी उम्र में खुद मैं पहनती थी। तुम्हारी सुंदर सफेद ड्रेसें थैले में रख दी गयी

हैं। गरमियों में रविवार के दिन वे बहुत अच्छी रहेंगी। बाकी ड्रेसों को भी मैंने देख लिया है—वे सब मज़बूत और गरम हैं।"

बसंत के दिनों में गरम जलवायु वाले दक्षिण की ओर जाने वाली लड़की के लिए यह इंतज़ाम ठीक ही था।

आखिरी वक्त काफी जल्दबाज़ी से काम लिया गया और केलर परिवार को लिख दिया गया कि वह उनके पास पहुंचने ही वाली है। और अब आशंकाग्रस्त एनी सुलिवान, सन् 1887 की बसंती सुबह के समय ट्रेन में बैठी बोस्टन से विदा ले रही थी।

बर्फ पर पड़ी चमकीली धूप और तेज़ी से भागते हुए भू-खंडों को देखने से उसकी आंखें दर्द करने लगीं। उसने उधर से अपनी आंखें इस तरह हटाईं कि देखने वाले को ऐसा लगे मानो वह खिड़की का जायज़ा ले रही हो। यह भी तो अच्छा नहीं लगता कि उसकी बंद आंखें देखकर कोई यह समझे कि सवेरे-सवेरे वह सो रही है।

उसके प्रति सभी लोगों का व्यवहार कितना अच्छा था—शिक्षिकाओं का, मि० एनैग्नोज़ का, प्रिय मिसेज़ होपकिंस का, मि० केलर का। अब वह एक अच्छे पद पर काम करने जा रही थी। तब फिर वह उदास क्यों है? टस्कंबिया पहुंचकर उसे क्या देखने को मिलेगा? हेलेन केलर कहीं बदसूरत बच्ची तो नहीं होगी? एनी बदसूरती से घबराती थी। जिस बीमारी ने उसकी देखने-सुनने की शक्ति नष्ट कर दी है, कहीं उसने उसके दिमाग पर भी तो असर नहीं किया? बच्ची को सीखना शुरू करने में कितना वक्त लगेगा? वह उसे कितना पढ़ा पाएगी? यात्रा में एनी सुलिवान के दिल में जो खयाल उठते रहे वे खुशी के नहीं थे।

जब एनी टस्कंबिया में गाड़ी से उतरी तो शाम के साढ़े छः बजे थे। अभी उसकी आंखें चुंधिया ही रही थीं कि उसने एक नौजवान को अपनी ओर आते देखा।

"मिस सुलिवान!" न्यू इंग्लैंड से आयी एनी के कानों को उसकी मधुर दाक्षिणात्य आवाज़ कुछ अजीब-सी लगी। "मुझे जेम्स केलर कहते हैं। अपना सामान मुझे दीजिए। मेरी मां आपका इंत-

ज़ार कर रही हैं। आइए बाहर चलें—"

उसकी राह देखने वाली महिला इतनी युवा थी कि आगे चलकर एनी ने मंज़ूर किया कि उसे देखकर "मेरे मन का बोझ बहुत हल्का हो गया। उसमें इतनी मधुरता और सज्जनता थी।"

अगर अपने सामने उस उदास, गर्ममिज़ाज लगने वाली नवयुवती को देखकर केट केलर को आश्चर्य या निराशा का अनुभव हुआ भी हो तो उसने उसे प्रकट नहीं होने दिया, न कभी इस बारे में कुछ लिखा ही। उसने एक आत्मीयतापूर्ण मुस्कान के साथ एनी का स्वागत किया।

"मिस सुलिवान! हम आपको अपने बीच पाकर बहुत खुश हैं। दो दिनों से कोई न कोई आपको लेने स्टेशन आ रहा था।"

एनी को अब अच्छा लग रहा था। ट्रेन की सवारी के बाद फल-फूलों से लदे पेड़ों वाली देहाती सड़क से गुज़रते हुए टस्कंबिया उसे स्वर्ग-जैसा लगा। उसे लगा कि ज़िंदगी की शुरूआत करने के लिए यह एक अच्छी और सुहानी जगह है। उस बसंती सांझ में वे लोग अपने-अपने घोड़ों पर चुपचाप चल रहे थे। तभी मिसेज़ केलर ने सड़क से नीचाई की तरफ एक घर की ओर उंगली उठाकर बताया, "मिस सुलिवान, देखिए वह रहा हमारा घर।" एनी के मन में आया कि वह उछल पड़े, और घोड़े को तेज़ चलाए। पता नहीं मिसेज़ केलर ने इतना मरियल जानवर क्यों रख छोड़ा है।

कैप्टेन आर्थर केलर यार्ड में उसकी प्रतीक्षा कर रहे थे। उन्होंने प्रेमपूर्वक उससे हाथ मिलाया और उसके आने पर अपनी खुशी ज़ाहिर की। शायद यह शिष्टाचार के विपरीत रहा हो, लेकिन एनी सिर्फ एक ही व्यक्ति के बारे में सोच रही थी। "हेलेन कहां है?" उसने पूछा।

कैप्टेन केलर ने घर की तरफ देखकर कहा, "वह वहां है। दिन-भर उसे इस बात का अहसास रहा है कि हम किसीकी राह देख रहे हैं।"

एनी उस ओर बढ़ी। सीढ़ियों पर पहुंचकर वह ठिठक गयी। ऊपर देखने की हिम्मत नहीं पड़ रही थी। कहीं वह बदसूरत न हो।

वह मन-ही-मन कह रही थी, 'हे ईश्वर! कहीं वह भद्दी या बुद्धू न हो।' और तब उसने ऊपर देखा।

बच्ची प्रकाशयुक्त दरवाज़े से सटकर खड़ी थी। दूर से ही पता चल जाता था कि वह अंधी है, लेकिन वह बदसूरत नहीं थी। यद्यपि उसका चेहरा कुछ अजीब-सा था, लेकिन उसमें कुछ ऐसा था कि एनी को लगा कि उसका दिमाग तेज़ होगा। एनी ने अपने कदम से निचली सीढ़ी पर आहट की। सीढ़ी के हिलते ही बच्ची उसकी ओर दौड़ पड़ी। वह इतने ज़ोर से दौड़ी कि अगर कैप्टेन केलर एनी को पकड़ न लेते तो वह गिर ही जाती। बच्ची ने अपने हाथों से एनी के चेहरे और ड्रेस को टटोला और तब उसके हाथ उसके हैंडबैग पर पहुंच गए। एनी ने उसे बैग ले लेने दिया और यह देखने लगी कि बच्ची उसे समझ भी पाती है या नहीं। वह समझ गई क्योंकि वह उसे खोलने की कोशिश करने लगी। नाकाम-याब होकर वह बैग को टटोलकर यह देखने लगी कि उसमें ताला तो नहीं लगा। जब उसकी उंगली ताले के छेद पर पहुंची तो वह एनी की ड्रेस पकड़कर इशारे से उससे चाभी मांगने लगी। एनी खुशी से खिलखिला पड़ी। नहीं, हेलेन केलर निश्चय ही बुद्धू नहीं है।

"बच्ची बहुत ज़हीन लगती है। यह सब उसने कितनी जल्दी किया।"

"क्या वाकई आपका यह खयाल है?" मिसेज़ केलर ने आतुरता से पूछा। वह उसके पास गई और उसके नन्हे हाथों से बैग ले लेने की कोशिश की। बच्ची ने उसे छोड़ा नहीं, और गुस्से में उसे झटक लिया। एनी ने उसे अपनी घड़ी थमा दी, और तब वह शान्त हो गई। घर में वे सब साथ-साथ गए, और मिसेज़ केलर ने एनी को उसका कमरा दिखाया।

खिड़की के पास केट केलर रुकी और एनी की ओर देखा।

"मुझे उम्मीद है कि आप हमारे साथ—अनेक वर्षों तक—खुश रहेंगी, मिस सुलिवान!"

हेलेन उसके कपड़े खींच रही थी और ताला खुलवाने का इशारा

कर रही थी। एनी ने ताला खोल दिया और उसे हर चीज़ को छूने दिया। उसे ध्यान से देखने पर उसे ऐसा लगा जैसे बच्ची खाने के लिए कोई चीज़, शायद कोई मीठी चीज़, चाह रही है। एनी ने हाल में उसका कपड़ों का बक्स देख लिया था। उसने बच्ची का एक हाथ बक्स पर रख दिया। बच्ची का दूसरा हाथ उसने अपने मुंह पर रख लिया और मुंह को ऐसे चलाया जैसे वह कुछ खा रही हो। क्या बच्ची समझेगी?

बच्ची की खुशी से ज़ाहिर था कि वह समझ गई है। वह तेज़ी से अपनी मां के पास गई और जल्दी-जल्दी इशारे करने लगी। एनी हैरानी से उसकी ओर देख रही थी।

मिसेज़ केलर ने कहा, "यह सोचती है कि आपके बक्स में उसके लिए कुछ मिठाइयां हैं।"

"हैं क्यों नहीं, ज़रूर हैं!" एनी खुशी से चीख-सी उठी। "मैं उसे यही तो बताना चाहती थी! और यह समझ गई! खूब समझी!"

एनी को निश्चय हो गया कि वह ठीक जगह आ पहुंची है, कि वह और यह बच्ची एक-दूसरे को अच्छी तरह समझेंगी। जो हो, अब एनी सुलिवान दुनिया का सामना करने के लिए तैयार हो गई थी।

4

लेकिन कुछ ही दिन बाद, अपने लहू-लुहान मुंह पर ठण्डा पानी डालते हुए एनी ताज्जुब कर रही थी। दुनिया का सामना करना इस अकेली नन्ही उदंड बालिका का सामना करने से कहीं आसान है। इस लड़की के व्यवहार से यह स्पष्ट हो गया था कि जो भी उसकी इच्छा के विरुद्ध काम करेगा वही उसका कोप-भाजन होगा।

सारी बात वह समझ नहीं पा रही थी। केलर-परिवार का यह मकान उसे पसन्द था। अमीर आदमी के जैसे मकान की

कल्पना उसने की थी वैसा तो यह नहीं था। यह एक सादा और सुघड़ मकान था, लेकिन था सुन्दर और प्यारा। केलर-परिवार के पास फार्म-बिल्डिंगें, बाग और खेत भी थे जिनसे खाने की उम्दा चीज़ें मिल जाती थीं। उसे यह परिवार पसन्द था। कैप्टेन केलर उसपर विशेष कृपालु थे। मिसेज़ केलर अभी युवती ही थीं, और एनी से कुछ ही बड़ी रही होंगी। एनी शुरू से ही उन्हें प्रेम करने लगी थी, और असल में इन दोनों का यह प्रेम आजीवन रहा, और बढ़ता ही गया। कैप्टेन केलर के पहली बीवी से दो लड़के थे। जेम्स बीस पूरे कर चुका था, और सिम्पसन उससे कुछ छोटा था। ये दोनों उसे कभी-कभी ही दिखाई देते थे, लेकिन नन्ही माइल्डरेड को वह बहुत चाहने लगी थी। यह साबित हो चुका था कि वह एक प्यारे और अदब-कायदे वाले घर में आ गई है। जब एनी ने पहली बार केलर-परिवार के साथ खाना खाया तो उसे एक बात देखकर हैरानी हुई। उसने देखा कि जब मेज़ पर से खाने की प्लेटें आगे बढ़ाई जाती थीं तो हेलेन हाथ से उनमें रखी चीज़ों को टटोलती थी। उंगलियों से छूकर वह अपनी मनपसन्द चीज़ ले लेती थी।

हेलेन को जब भी मुखातिब किया जा सकता था, तभी यह ज़ाहिर होता था कि लड़की ज़हीन है। जब एनी का सामान आया तो हेलेन ने थैलों में से चीज़ें निकालने में एनी का हाथ बंटाया। वह चीज़ों को हाथों से छूकर उन्हें समझने की कोशिश कर रही थी। जब उसके हाथ अन्धे बालकों द्वारा भेजी गई गुड़िया लगी तो हेलेन के चेहरे पर एनी ने पहली बार मुस्कराहट देखी। बच्ची गुड़िया को जल्दी ही पहचान गई, और खुश होकर उसे सीने से चिपटा लिया।

अब एनी को अपना वायदा याद आया। उसने बच्ची की गोद में मौजूद गुड़िया पर एक हाथ रखा। इसके बाद उसके दाहिने हाथ में उसने धीरे-से 'डी-ओ-एल-एल' अक्षर बनाए। क्या वह समझ पाएगी? निश्चय करने के लिए उसने वही इशारा किया जो किसी चीज़ को मांगने के लिए हेलेन किया करती थी। उसने गुड़िया को हाथों में उठा लिया और अपना सिर स्वीकृति की मुद्रा में हिलाया।

हेलेन ने एनी की उंगलियां पकड़ लीं और धीरे-धीरे उन्हें चलाने लगी। क्या वह फिर से उन अक्षरों को लिखवाना चाहती है? एनी ने फिर से वे अक्षर लिख दिए। क्या यह मुमकिन है कि इस अंधेरे छोटे दिमाग में भी विचार की कोई किरण फूट पड़ी हो? एनी चुपचाप देख रही थी कि हेलेन की नन्ही अंगुलियां हिलीं और उन्होंने 'डी-ओ-एल-एल' अक्षर बना दिए। हेलेन केलर ने अपने पहले शब्द के हिज्जे कर लिए थे। एनी खुशी से नाच उठी। उसने गुड़िया वापस ले ली। अपने नये खिलौने के छिन जाने पर हेलेन का मुंह लाल हो गया। एनी सोचने लगी कि बच्ची के मन को दुबारा से कैसे जीता जाए।

बच्ची को गुस्से में ही छोड़कर वह एक झटके से उठी और एक केक मांगी। कमरे में वापस आकर उसने हेलेन के एक हाथ में केक थमा दी और दूसरे हाथ में उसने 'सी-ए-के-ई' केक लिखा। हेलेन केक को झटक लेना चाहती थी, लेकिन एनी ने उसे कसकर पकड़ रखा था। एक बार फिर बच्ची के दिमाग में कोई बात आई, क्योंकि उसने जल्दी से वे अक्षर बनाए और फूरती से वह केक झटक ली। तब एनी ने उसे फिर से गुड़िया दी, और उसकी उंग-लियों को छुआ। इसका नतीजा देखकर वह हैरान रह गई। हेलेन ने धीरे-धीरे अपनी उंगलियां चलाईं और 'डी-ओ-एल' लिख दिया। एनी ने दूसरा 'एल' अपनी उंगली से बना दिया और गुड़िया उसकी गोद में थमा दीं। उसे लेकर रास्ता टटोलती हुई हेलेन कमरे के बाहर चल दी। उस दिन बाकी बचे वक्त में एनी से उसे कोई वास्ता नहीं रखना था।

लेकिन 'अपना' कहे जाने के काबिल अपने पहले कमरे में व्यव-स्थित होते-होते एनी खुश हो गई थी। उसे हेलेन केलर के दिमाग तक पहुंचने में सफलता मिल गई थी।

अगले दिन उसने हेलेन को एक नये शब्द के हिज्जे सिखाने चाहे, लेकिन हेलेन 'सी-ए-' लिखकर रुक गई। तब उसने खाने का इशारा किया, और एनी को दरवाज़े की ओर खींचने लगी। एनी ने उसे बाकी के दो अक्षर 'के-ई' दिए और हंसती हुई केक खोजने चल दी।

यह नन्ही लड़की किस कदर ज़हीन है! डाक्टर हो ने तो अपनी रिपोर्ट में लिखा था कि लोरा ब्रिजमैन हफ्तों बाद शब्दों के बीच का अन्तर समझने योग्य हो सकी थी।

हेलेने के इशारों से भी यह ज़ाहिर होता था कि वह औसत बच्चों से कहीं अच्छी है। डिनर के वक्त रोटी मांगने के लिए उसने छुरी चलाकर काटने का साफ इशारा किया था। लेकिन उसकी प्रतिभा का असली चमत्कार बाहर देखने को मिलता था जबकि वह बगीचे और फार्म-बिल्डिंगों में धीरे-धीरे, लेकिन बिना डरे, अपनी राह बनाती चलती थी। तब यह पता चल सकता था कि इस गूंगी और अन्धी बच्ची ने अपने चारों ओर की चीज़ों को जानने के लिए क्या-क्या तरीके निकाल रखे थे। आने के अगले दिन एनी उसके पीछे-पीछे यह देखने गई कि वह कहां जाती है, और क्या करती है। और जब उसने नन्ही बालिका को झाड़ियों और बड़े पौधों के बीच से राह बनाते हुए चलते देखा तो उसके आश्चर्य का ठिकाना न रहा। हेलेन रुकती थी, हवा को जैसे सूंघती थी, और तब आगे बढ़ती थी।

एनी उसका पीछा कर रही थी कि हेलेन रास्ता खोजती हुई उस इमारत की तरफ चल दी जहां फार्म के जानवर बांधे जाते थे। फार्म के एक नौकर ने उसका हाथ पकड़ा और उसे घोड़ों के पास ले गया। उसने उसे ऊंचा उठाया और हेलेन ने एक घोड़े पर अपने हाथ रख दिए। एनी ने देखा कि ऐसा करते हुए वह बहुत खुश थी।

इसके बाहर निकलकर वह फिर अपने रास्ते पर चल दी और किचन-गार्डन तक जा पहुंची। और यहां, न जाने किस तरीके, से उसने एक और बच्ची को खोज निकाला। यह एक मुस्कराती हुई छोटी लड़की थी जिसकी उम्र हेलेन से एकाध साल ही अधिक रही होगी। मिसेज़ केलर ने एनी को बताया था कि यह बच्ची बावर्ची की बेटी है, इसका नाम मारथा था और अन्य बच्चों की तरह यह हेलेन से डरती नहीं थी, बल्कि अक्सर वे दोनों साथ-साथ खेलती थीं।

हेलेन ने इस लड़की को बांहों में भर लिया। तब वह उसके

कपड़े खींचने लगी, और ज़मीन में बैठकर दोनों हाथों से कुछ अजीब-से इशारे करने लगी।

"यह क्या कह रही है?" एनी ने उन इशारों का मतलब समझने की कोशिश तो की, लेकिन नाकामयाब रही।

"यह कह रही है कि चलो अण्डे ढूंढ़ने चलें," मारथा ने समझाया। "देखो! इस तरह—" उसने अपने दोनों नन्हे हाथों को मोड़कर बटोरने की मुद्रा में ज़मीन पर रख दिया। "खेत में ऊंचे पौधों में अण्डे मिल जाते हैं, और हेलेन को उन्हें खोजने में बड़ा मज़ा लाता है।"

"इसके मुड़े हुए हाथों का मतलब होता है पौधों में मिलनेवाले अण्डे," एनी ने मन-ही-मन कहा। "बड़ी तेज़ है।"

"है ही," मारथा ने हामी भरी।

एनी दोनों बच्चियों के पीछे ऊंचे पौधों की तरफ चली। हेलेन में एक ऐसा गुण था जो ज़्यादातर अंधे बच्चों में नहीं होता—यह गुण था निर्भीक मन और काम करने की दुर्दम इच्छा। ज़्यादातर अन्धे बच्चे, खास तौर पर छोटी उम्र के, डरपोक होते हैं और एक ही जगह पड़े रहना चाहते हैं। एनी ने परकिंस में ऐसे अन्धे बच्चे देखे थे, जिन्हें खेलना भी सिखाना पड़ता था। लेकिन हेलेन एक ऐसी पुष्ट बालिका थी जो आवाज़ और नज़र के बिना बड़ी हुई थी। वह खेल की इतनी ही शौकीन थी जितने उसके हम-उम्र (साढ़े छः वर्ष के) दूसरे बच्चे हो सकते हैं।

तभी एनी का ध्यान बच्चियों की तरफ गया, और वह बेसाख्ता खिलखिला पड़ी। लड़कियों ने कुछ अण्डे ढूंढ़ निकाले थे। वे खुशी के मारे हंस रही थीं, और हेलेन हाथों के इशारे से कुछ कह रही थी। इस बार मारथा के बिना बताए ही एनी उन इशारों का मतलब समझ गई। वह मारथा को बता रही थी कि घर अण्डे मैं ले जाऊंगी। तेरा क्या भरोसा! तू गिर जाएगी तो अण्डे फूट जाएंगे।

घर पहुंचकर लड़कियों ने अण्डे संभालकर रख दिए। इसके बाद लड़कियां रसोई की सीढ़ियों पर बैठ गईं, और फार्म की

चिड़ियों को चुगाने लगीं। एनी ने देखा कि चिड़ियां अपना चुग्गा एकदम हेलेन के हाथ में से ले लेती हैं। उसे फिर अचम्भा हुआ। यह दृश्य ऐसा था कि अन्धे बच्चों के बीच रहने—बल्कि बचपन में खुद भी अंधी-सी रहने—के कारण उसे अपनी आंखों पर यकीन करना मुश्किल हो रहा था। हेलेन निडर और ज़हीन तो थी ही, इसके साथ कुछ और बातें भी ध्यान देने योग्य थीं। हेलेन का परिवार—खास तौर पर उसकी मां—अद्भुत था। इस मां में इतनी ताकत थी कि अपनी बच्ची को अन्य बच्चों की भांति ही खुद अपने अनुभवों से सीखने के लिए बाहर भेज दे। वह, इस डर से कि चोट न लग जाए, बच्चे को रोके नहीं रहती थी।

हेलेन के सोने जाने के बाद एनी ने अपने ये विचार मिसेज़ केलर को बताए। मिसेज़ केलर ने अपना सिर हिलाया। उनकी आंखों में आंसू आ गए। एनी के आने से पहले वे किसीके आगे दिल खोलकर यह भी तो नहीं बता सकती थीं कि जब हेलेन बच्ची थी तब के दिन कितने बुरे थे।

"मिस एनी! यह बच्ची इतनी सुंदर थी और इसकी आंखें तो इतनी अच्छी थीं कि जो चीज़ें दूसरों को नहीं दीखती थीं यह उन्हें भी देख लेती थी। इसने बोलना भी शुरू कर दिया था। जब यह लगभग बीस महीने की हुई तो बीमार पड़ी। बीमारी क्या थी, यह हमें आज भी नहीं मालूम। लेकिन एक दिन मैं इसे नहला रही थी तब मैंने देखा कि इसकी आंखें जाती रही हैं। बाद में, ज़ोर की आवाज़ पर भी, इसने आवाज़ पर कान देना भी बंद कर दिया। लेकिन मुझे इसका यकीन बराबर रहा है कि इसके दिमाग पर असर नहीं हुआ है—तुम्हें इसमें कोई शक है?"

"नहीं, मिसेज़ केलर!" एनी ने कहा। "दिमाग एकदम ठीक, है। मैंने कमज़ोर दिमाग वाले लोग भी देखे हैं; मैं समझती हूं!"

"हमारे परिवार के एक आदमी ने कहा कि इसका दिमाग खराब हो गया है, और हमें इसको पागलखाने भेज देना चाहिए। लेकिन परिवार के ही एक दूसरे सदस्य का कहना था कि अगर इसके दिमाग तक पहुंच हो जाय तो यह बच्ची केलर-परिवार के सभी

दूसरे सदस्यों से अधिक ज़हीन साबित हो सकती है।"

एनी ने कहा, "पहुंचा जा सकता है, डियर मिसेज़ केलर। पहले भी ऐसा हो चुका है। मैं लोरा ब्रिजमैन के साथ रह चुकी हूं, और वह काफी चीज़ें—जिनमें कुछ तो खासी मुश्किल भी हैं—सीख चुकी है। वह औरत भी बड़ी दिलचस्प है।"

"दर असल उसकी कहानी से ही मुझे कुछ आशा बंधी थी। और तभी मुझे याद आया कि डा० हो तो मर चुके हैं, और शायद उनके तरीके भी उनके साथ ही चले गए हों। लिहाज़ा हम बच्ची को आंखों के एक डाक्टर के पास बाल्टीमोर ले गए।" उन्होंने अपना होंठ काटा। "हुआ तो कुछ भी नहीं, लेकिन उसने कहा कि ठीक शिक्षक मिले तो इस बच्ची के दिमाग तक पहुंचा जा सकता है। उसने हमें डा० एलैक्जेंडर ग्राहम बेल के पास वाशिंगटन जाने की सलाह दी।"

"डा० एलैक्जेंडर ग्राहम बेल?" एनी ने कहा। "मैं तो समझती थी कि उन्होंने कुछ नयी मशीनों का आविष्कार किया है।"

मिसेज़ केलर ने कहा, "तुम्हारा सोचना ठीक है। लेकिन उससे पहले वे बहरों को पढ़ाया करते थे। खर,हम वाशिंगटन पहुंचे, और डा० बेल—मैंने अपने जीवन में उन जैसा महान और दयालु व्यक्ति नहीं देखा।" अंतिम शब्द कहते हुए उनकी आवाज रुंध गयी, और एक क्षण के लिए वे दूसरी तरफ देखने लगीं। "उन्होंने हेलेन को अपने घुटने पर बैठा लिया, और एक ही क्षण में वे दोनों एक-दूसरे को समझ गए। उन्होंने कहा, बच्ची बेहद ज़हीन है, और वाकई वह सीख सकती है। उन्होंने ही मि० केलर को राय दी कि वे परकिंस स्कूल को लिखें। और सच मानिए मिस एनी जिस दिन हमें मि० एनैग्नोज़ का खत मिलाकि आप आ रही है वह दिन हमारी ज़िंदगी का सबसे बड़ा खुशी का दिन था।"

एनी रोने-रोने को हो आयी। केट केलर की आंखों में महीनों और बरसों तक चलने वाले इंतज़ार और उम्मीदों की उदासी छलक आयी थी।

"मैं आपके और हेलेन के लिए जो कुछ भी कर सकती हूं, ज़रूर

करूंगी," उसने वायदा किया। "मुझे अभी से उससे प्रेम हो गया है। और नयी चीज़ों को सीखने में वह बहुत तेज़ है।"

हेलेन की मां ने उससे पूछा कि वह हेलेन को पढ़ाएगी कैसे। यह सवाल बड़ा अच्छा था, क्योंकि फिलहाल इसका जवाब खुद एनी को भी पता न था। उसने कहा कि सबसे अहम बात एनी को यह सिखाना है कि दुनिया की हर चीज़ का एक नाम होता है। उसकी योजना यह थी कि हेलेन को पहले केक, गुड़िया, प्याला, चम्मच वगैरह रोज़मर्रा की चीज़ दी जाएं। इसके बाद वह उसे इन चीज़ों के नामों के हिज्जे सिखाएगी। इस प्रकार अंततः हेलेन समझ जाएगी कि किस वस्तु का संबंध किस नाम से है, और उन चीज़ों के नामों के हिज्जे खुद करने लगेगी। उसने समझाया कि उंगलियों के इशारों से वर्णमाला के सभी अक्षरों का निर्माण किया जा सकता है। गूंगे लोग इसी वर्णमाला का प्रयोग करते हैं। उसने हेलेन केलर के हिज्जे लिखकर अपनी बात को साफ तौर पर समझाया।

एनी ने कहा, यह वर्णमाला कोई भी सीख सकता है। बाद में चलकर हेलेन ब्रेल पढ़ना और लिखना सीख जाएगी और आम ढंग से लिखने भी लगेगी। ब्रेल की सहायता से उसे कुछ भी पढ़ाया जा सकता है।

"क्या आप वाकई यह सब कर सकेंगी, मिस एनी?" मिसेज़ केलर ने पूछा। "क्या मैं वाकई अपनी बिटिया से बात कर सकूंगी, और यह पता लगा सकूंगी कि वह क्या सोच रही है?"

इस समय नन्ही हेलेन केलर क्या सोच रही थी? यह खुद उसे पता नहीं था। शब्दहीन विचारों के बारे में कुछ बताना बड़ा कठिन है। और शब्द हेलेन केलर के पास थे नहीं। अनुभव उसे याद हैं। उसे याद है कि उसे और मारथा को एक केक मिली थी जिसे उन्होंने बाहर जाकर, चोरी-चोरी खा लिया था। उसे याद है कि जिस बिस्तर पर वह अपनी गुड़िया को सुलाती थी उसपर अपनी छोटी बहन को सोते देख उसे क्रोध आ गया था, और उसने बिस्तर को उलट देने की कोशिश की थी। उसे याद है कि एक बार उसने आग के ऊपर रखकर अपनी पोशाक जला डाली थी। बाल्टीमोर के

आंखों के डाक्टर, और फिर उसके यहां से वाशिंगटन की यात्रा की भी उसे साफ-साफ याद है।

उसके मां-बाप कितने दुखी दिल से उसे वाशिंगटन लेकर गए थे—इसका अहसास उसे नहीं था, लेकिन पता नहीं कैसे डा० बेल के घुटने पर बैठते ही उसे लगा था कि यह आदमी उसे समझता है। परिवार से बाहर के वे पहले ऐसे व्यक्ति थे जिन्हें उसने अपना नज़दीकी आदमी समझा था। बाद में उसने उन्हें 'मेरे प्राचीनतम मित्र' कहकर याद किया।

अगले पांच वर्षों में, जबकि उसकी देखने-सुनने की ताकत चली गयी थी, उसके खयालात क्या थे? बरसों बाद उसने लिखा है कि वह "शून्य में है···मुझे ज्ञात नहीं कि मैं कुछ जानती थी या नहीं, जीवित थी या नहीं, कुछ करती थी या नहीं······सोचने की ताकत ही मेरे पास नहीं थी।"

उसके जो खयाल रहे भी होंगे वे अरूप और अस्पष्ट रहे होंगे। उसे ज्ञात है कि वह अन्य लोगों से जुदा थी। उसे ज्ञात है कि वह अब की भांति चिह्नों या हाथ के इशारों से काम नहीं लेती थी। वह दो लोगों के बीच खड़ी हो जाती थी और उनके बोलने में हिलते हुए होंठों पर उंगलियां रख देती थी। इसके बाद वह खुद भी होंठ चलाकर उनकी तरह बोलने की नाकाम कोशिश करती थी।

शायद दूसरों को समझने और उनसे 'बात करने' की अदम्य आकांक्षा के कारण ही उसे आवेश के दौरे पड़ने लगे होंगे। एनी सुलिवान के टस्कंबिया पहुंचने के समय के आस-पास ये दौरे अक्सर पड़ने लगे। ऐसे ही एक दौरे में हेलेन के हाथों से एनी के मुंह में चोट लग गयी थी। उस दिन एनी उदास और हताश-सी थी। उसकी आंखें दर्द कर रही थीं, और लाल हो गई थीं। वह समझ नहीं पाती थी कि इस ज़िद्दी छोकरी को कैसे संभाले। हेलेन को आज तक 'नहीं' नहीं सुनने को मिला था, और न उसके परिवार के लोग इस बात के लिए तैयार थे कि कोई और व्यक्ति हेलेन के लिए इस शब्द का प्रयोग करे। एनी ने प्यार लेकर बच्ची के मन को जीतना चाहा था, लेकिन हेलेन इतनी उद्दंड थी कि प्यार को कुछ

समझती ही न थी। अब एनी को जल्दी ही कुछ और सोचना होगा।

शायद उसे एक और अंधी और ज़िद्दी लड़की का ध्यान आया। उसे यह भी याद आया कि उस लड़की को शान्त और अच्छी बनने में कितना समय लगा था। उसने अपना सिर उठाया और अपने मुंह के दर्द को भूल जाने की कोशिश की।

उसने सोचा कि उसका बच्चे को लेकर परिवार से कहीं दूर चले जाना अच्छा होगा। यह सबसे ज़रूरी चीज़ है। मुझे मिसेज़ केलर से साफ-साफ बात करनी ही होगी।

5

अगले दिन बातें अचानक तय हो गयीं। शायद इसकी वजह यह थी कि एनी बहुत परेशान हो गयी थी। वह जल्दी ही मिसेज़ केलर को यह बता देना चाहती थी कि हेलेन को कुछ दिनों के लिए परिवार से अलग रखना चाहिए। लेकिन सुबह के समय खाने की मेज़ पर हेलेन जिस ढंग से पेश आयी उसे देखकर उसका क्रोध और बढ़ गया। जब हेलेन के आगे उसका अपना भोजन बढ़ाया गया तो उसने अपने हाथ वापस समेट लिए। बच्ची का चेहरा फौरन गुस्से से काला पड़ गया। वह ज़ोर से चिल्ला उठी और एनी के भोजन की ओर झपटी। इसपर मिसेज़ केलर की आंखों से आंसू बह चले। वे उठ खड़ी हुईं, और उनके पीछे-पीछे परिवार के सदस्यों ने एक-एक करके कमरा छोड़ दिया। एनी भी उठी, लेकिन कमरे का दरवाज़ा बंद करके वह वापस आ गयी। उसकी आंखों में भी आंसू छलछला आए थे। उदासी और अकेलेपन के बावजूद वह बैठी रही और खाना खाती रही। नतीजा क्या होना है? उसे ऐसी उम्मीद नहीं थी। वह प्रेम के माध्यम से हेलेन तक पहुंचना चाहती थी, लेकिन इसमें उसे असफलता मिली थी। परिवार का कोई भी सदस्य, खास तौर पर उसके पिता, हेलेन का रोना बरदाश्त नहीं कर सकता था। अगर उसे अपनी मनचाही चीज़ नहीं मिल पाती

थी तो यह सिर्फ ऐसे मौकों पर होता था जब वे लोग उसके इशारों का मतलब समझने में नाकामयाब रहते थे। वह अपने से ज़्यादा मज़बूत आदमी की बात ही समझ सकती थी। एनी को उम्मीद थी कि वह हेलेन के मुकाबले कहीं ज़्यादा मज़बूत है। यह साबित होते ही इस संघर्ष में उसे विजय मिल सकती थी।

वाकई यह संघर्ष ही था। हेलेन समझ गई कि एनी खाने की कोशिश कर रही है। उसने एक बार फिर उसका खाना छीन लेने की कोशिश की। एनी ने फिर उसके हाथ हटा दिए। इसपर हेलेन ने अपना भोजन उंगलियों से ही खाना शुरू कर दिया। एनी ने उसे चम्मच दिया, लेकिन हेलेन ने उसे फर्श पर फेंक दिया। एनी ने उससे चम्मच उठवाया। उसने जबरन बच्ची के हाथ में चम्मच थमा दिया और उसे चम्मच से खाने को मजबूर किया। हेलेन के चेहरे पर अचरज का भाव तैर गया, लेकिन बात उसकी समझ में आ गई और उसने चम्मच से चुपचाप अपना भोजन खा लिया। अंत में एनी ने उसे खुली धूप में जाने दिया और फिर अत्यन्त उद्विग्न मन से वह खुद भी अपने कमरे की ओर चल दी। वहां जाकर वहां बिस्तर पर गिर पड़ी और रोने लगी।

उफ, सब बेकार है। वह नाकामयाब हो गई है। कैप्टेन केलर ज़रूर उसे नौकरी से निकाल देंगे। और अगर ऐसा नहीं भी हुआ तो वह—या कोई भी—इस तरह के बच्चे को कैसे समझा सकता है? शायद उसे झपकी-सी आ गई हो। तभी उसने एक मधुर-सी आवाज़ सुनी, "मिस एनी! क्या मैं अन्दर आ सकती हूं?"

एनी उठकर बैठ गई और आंसुओं से रुंधी हुई आवाज़ में उसने 'आइए' कहा। यह आवाज़ मिसेज़ केलर की थी, जो शायद उससे बोस्टन वापस जाने के लिए कहने, आई थीं।

केट केलर अन्दर आई। एक मिनट तक वह उदास एनी को देखती रही। तब वह चौड़े पलंग पर बैठ गई और एनी को अपनी बांहों में ले लिया। "ओह, माई डियर मिस एनी! आज सुबह की घटना पर मैं बेहद शर्मिंदा हूं। हम आपके लिए क्या कर सकते हैं? हम अपनी नन्ही बिटिया के लिए कुछ उठा नहीं रखना चाहते,

लेकिन हम करें क्या?"

एनी ने एक बार मिसेज़ केलर के मुंह की तरफ देखा, और फिर धीरे-धीरे, नपे-तुले शब्दों में बोली:

"मैं समझती हूं कि कुछ दिनों के लिए हेलेन को परिवार से दूर हटा दिया जाय—"

"दूर हटा दिया जाय!" मिसेज़ केलर चीख उठीं।

एनी ने कहा, "हां! कम-से-कम कुछ हफ्तों के लिए। उफ, मिसेज़ केलर, मेरी बात समझने की कोशिश कीजिए! आपने—परिवार के सभी लोगों ने—उसे हमेशा अपनी मनमानी करने का मौका दिया है। अब उसे हर बात पर गुस्से के दौरे पड़ने लगे हैं, और घर की शांति की खातिर आप उसकी हर बात मान जाती हैं। मैं उसे तब तक कुछ नहीं सिखा सकती जब तक कि वह मेरा कहना मानना नहीं सीख लेती। मेरे कुछ भी करने से पहले यह ज़रूरी है कि वह मेरा कहना मानना और मुझे प्यार करना सीखे। जब तक उसे यह गुमान है कि परिवार के सभी लोग उससे सहमत हैं, तब तक कुछ नहीं हो सकता। क्या आप मुझे कुछ दिनों के लिए उसे इस घर से दूर ले जाने की इजाज़त दे सकेंगी?"

कुछ देर तक मिसेज़ केलर खामोश रहीं। तब उन्होंने एनी की ओर देखकर मुस्करा दिया। "मैं इसपर गौर करूंगी मिस एनी! और कैप्टेन केलर से भी बात करूंगी।"

कैप्टेन केलर का फैसला क्या होगा—एनी निश्चित रूप से कुछ नहीं सोच सकती थी। लेकिन जब उन्होंने उसे शाम के समय मिसेज़ केलर के साथ मिलने के लिए बुलाया तो उनके शुरू के शब्द सुनकर ही एनी खुशी के मारे हैरान रह गई।

"मिस एनी! मुझे आपकी योजना वाकई बहुत पसन्द आई।" उसने कहा, "यहां से कोई एक-चौथाई मील दूर पर हमारा अपना एक गार्डन हाउस है। हम उसे आपके लिए ठीक करवा सकते हैं। हेलेन वहां अक्सर जाती रहती है, लेकिन इस बार आप अकेली उसके साथ रह सकेंगी। अगर हम रोज़ खिड़कियों में से यह देखते रहें कि आपका परीक्षण कैसा चल रहा है, तो आप नाराज़ तो नहीं

होंगी। हां, हेलेन को हमारे आने का ज़रा भी पता नहीं चलेगा।"

"इसमें नाराज़ी की बात ही नहीं है, सर!" एनी ने कहा। "क्या हम जल्दी ही वहां जा सकते हैं?"

"अच्छा। माई डियर, हमें इस बात का अहसास है कि तुम हमारी मदद करना चाहती हो।"

जिस छोटे-से मकान में उन्हें पहुंचाया गया वह एनी को स्वर्ग का एक खंड-जैसा लगा। मकान में एक बड़ा चौकोर कमरा था। कमरे में एक बड़ी अग्नि-वेदिका (फायर प्लेस) थी, और एक बहुत बड़ी खिड़की थी। लेकिन एनी और हेलेन खुशी के मूड में, खासतौर पर पहले दो दिनों में, नहीं थीं। परिवार से अलग होने पर हेलेन पर गुस्से का भूत सवार हो गया। एनी निरुपाय-सी देखती रही। जब डिनर आया तो हेलेन कुछ नरम और खुश दिखाई दी, और कुछ देर अपनी गुड़ियों से भी खेलती रही। जब एनी ने बताया कि अब सोने का वक्त हो गया तो उसने उसे अपने कपड़े उतार लेने दिए। लेकिन जब उसे पता चला कि एनी उसीके बिस्तर में लेट गई है, तो वह न रह सकी। वह दूसरी तरफ से कूदकर फर्श पर उतर पड़ी। एनी ने उसे उठाकर फिर अपने पास लिटा लिया। हेलेन लुढ़ककर फिर नीचे उतर गई। दो घंटे तक यही सिलसिला चलता रहा।

"किसी बच्चे में इतनी ताकत मैंने आज तक नहीं देखी," एनी ने मिसेज़ होपकिंस को लिखा, "मगर खुशकिस्मती से मैं उससे कुछ इक्कीस ही हूं।"

अन्त में हेलेन को हार माननी पड़ी, और वह एक पट्टी पर पड़ी रही। एनी उसके पास सोती रही।

सुबह के समय अपने आफिस जाते समय कैप्टेन केलर ने खिड़की में से देखा। एनी ने महसूस किया कि अन्दर के हालात को कोई भी बाप आशाप्रद नहीं समझ सकता। सुबह दिन काफी चढ़ आया था और हेलेन अपने सारे कपड़े अपने चारों ओर लपेटे कमरे के बीचो-बीच बैठी थी। लाख कोशिशों के बावजूद एनी उसे कपड़े नहीं पहना पाई थी। पिता ने सोचा चाहे जो हो, एनी से उन्होंने कुछ कहा नहीं। लेकिन जब वे वापस मुड़े तो उनका मुख-भाव देखकर

एनी उदास हो गई।

उस दिन एनी बहुत चुप थी। वह अपनी गुड़ियों से खेलती रही और बार-बार दरवाज़े की ओर जाती रही, जैसे उसे किसीका इन्तज़ार हो। एनी से उसने कम-से-कम वास्ता रखा।

'यह बच्ची कितना अकेला महसूस कर रही होगी,' एनी ने उसकी ओर देखकर सोचा। बच्ची निडर थी। दुनिया में समझ-बूझकर अपना उचित स्थान लेते समय यह निडरता अमूल्य गुण सिद्ध होगी। 'इस अमूल्य विशेषता को नष्ट किए बिना मैं उसे आज्ञा-पालन करना कैसे सिखा पाऊंगी?' एनी सोच रही थी।

वाकई यह क्योंकर सम्भव होगा? यह एक ऐसी समस्या थी जिसे एनी से काफी बड़ा और अनुभवी शिक्षक भी शायद ही सुलझा पाता। एनी तो वैसे ही छोटी और अनुभवहीन थी। अभी तो उसकी उम्र इक्कीस वर्ष से भी एक महीना कम थी।

यह बात कैसे और कब हुई—यह किसीको नहीं मालूम। लेकिन अचानक हेलेन के दिमाग में यह बात घर कर गई कि उसके साथ रहने वाली औरत बुरी नहीं है। यह मुझे किसी बुरे इरादे से मेरे परिवार से दूर नहीं लाई है। इसका स्पर्श मधुर और अपनापे से भरा है। यह मेरी मां से ज़्यादा जानती है, और मुझे भी वह सब-कुछ सिखाना चाहती है। इसपर यकीन किया जा सकता है—इसका कहना माना जा सकता है। और इस तरह एनी मिसेज़ होपकिंस को यह लिखने की स्थिति में आ सकी:

मार्च 20, 1887

आज सुबह खुशी से मेरा मन झूम उठा है। मेरी नन्ही शिष्या के चारों ओर बोध की प्रभा जगमगाने लगी है, और जैसे सब-कुछ बदल गया है। दो सप्ताह पहले की उद्दंड बालिका अब शांत हो चली है। इस समय मैं लिख रही हूं, और वह मेरी बगल में बैठी है··· अब वह मुझे प्यार लेने देती है और मेरे घुटनों पर बैठी रहती है··· सफलता के मार्ग पर पहला कदम रखा जा चुका है। अब वह कहना मानना सीख गई है।

हेलेन अब और ज़्यादा शब्दों के हिज्जे करना भी सीख रही

थी। जब एनी उसे पहले वाली चीज़ें देती थी तोवह जल्दी से उनके हिज्जे कर देती थी। लेकिन यह स्पष्ट था कि अभी वह यह नहीं समझ पाई थी कि शब्द उसकी इच्छाओं को व्यक्त कर सकते हैं। क्योंकि जब वह दूध या केक मांगती थी तो उनके हिज्जे न लिखकर वह अपने पुराने हाथ के इशारों से ही काम लेती थी। लेकिन उंग-लियों के इस खेल में वह दिलचस्पी लेने लगी थी, और इसे तेज़ी से सीख रही थी।

एक दिन कैप्टेन केलर अपने साथ अपनी बेल नामक कुतिया ले आए। उन्हें शक था कि अब हेलेन उसे शायद ही पहचाने। उस वक्त हेलेन अपनी गुड़िया से खेल रही थी। अचानक वह रुक गई, गुड़िया रख दी, और कमरे में से बाहर की तरफ चल दी। ज़ाहिर था कि वह बेल को पहचान गई थी। उसने खुशी की एक किलकारी भरी और घुटनों पर झुककर कुतिया को बांहों में ले लिया। तब वह कुतिया के एक पैर से खेलने लगी। कैप्टेन केलर या एनी में से कोई भी न समझ सका कि उसके दिमाग में क्या है। तभी उन्होंने देखा कि बच्ची की नन्ही उंगलियां 'डी-ओ-एल-एल' लिख रही हैं।

हेलेन कुतिया को इस शब्द के हिज्जे करना सिखा रही थी।

6

उस छोटे-से गार्डन हाउस में वे दो हफ्ते रहीं। एनी कुछ दिन और रहना चाहती थी, लेकिन कैप्टेन केलर ने कहा कि हेलेन को घर की याद सताती है। हकीकत यह थी कि उन्हें और मिसेज़ केलर को हेलेन की याद सताती थी।

बच्ची में आए परिवर्तन पर सभीका ध्यान गया। रोज़ उसके चेहरे पर रौनक आती जा रही थी। गुस्से के दौरे बहुत कम हो गए थे और वह प्यार करना सीख रही थी। अभी वह शब्दों को ठीक-ठीक प्रयोग करना तो नहीं सीखी थी, लेकिन यह स्पष्ट था कि उसका दिमाग खूब काम कर रहा है।

अब एनी को यकीन हो गया था कि वह सही रास्ते पर चल रही है। गार्डन हाउस में मिली सफलता के कारण केलर-दम्पती उससे बहुत खुश थे। उन्होंने उसे मनमानी करने की छूट दे दी थी।

तभी, बसन्त की एक सुन्दर सुबह के समय, एक चमत्कार हुआ। तब एनी को टस्कंबिया में आए एक मास और दो दिन हो गए थे। यह दिन ऐसा है जिसे न तो एनी जीवन-भर भुला पाई, और न हेलेन। इस दिन कुछ ऐसा हुआ था कि खुशी से पागल एनी दौड़ती हुई अपने कमरे में पहुंची। धड़कते हुए दिल से वह मिसेज़ होपकिंस को यह प्रसन्नता सूचक समाचार लिखने बैठी :

"आज सवेरे ही मैं आपको पत्र लिखने बैठ गई हूं, क्योंकि एक बहुत ही महत्त्वपूर्ण घटना घट गई है। हेलेन सीख गई है कि 'हर चीज़ का एक नाम होता है, और वह जो कुछ जानना चाहती है उसकी कुंजी वर्णमाला है।"

"मैं आपको पहले भी लिख चुकी हूं कि अन्य शब्दों के मुकाबले 'कप' और 'मिल्क' को समझने में हेलेन को ज़्यादा परेशानी हुई थी। पीने (ड्रिंक) के लिए किस शब्द का इस्तेमाल करना चाहिए—यह उसे नहीं पता था, लेकिन जब भी वह 'कप' या 'मिल्क' शब्द के हिज्जे करती थी तो वह पीने का इशारा करती थी। आज सवेरे मुंह धोते वक्त उसने 'पानी' के लिए नाम जानना चाहा। मैंने 'वाटर' शब्द के हिज्जे कर दिए, और इसके बारे में और कुछ नहीं सोचा। तभी मेरे दिमाग में आया कि इस नये शब्द की सहायता से शायद मैं उसकी 'कप-मिल्क' की समस्या सुलझा सकूं। मैंने हेलेन के हाथ में प्याला थमाया और उससे अपना हाथ आगे फैलाने को कहकर नल खोल दिया। उसके दूसरे वाले हाथ पर मैंने 'डब्लू-ए-टी-ई-आर' लिख दिया···उधर ठण्डा पानी उसके हाथ पर से होकर बह रहा था और इधर यह शब्द उसके हाथ पर लिखा जा रहा था। लगता है इससे उसकी विचार-शक्ति जाग उठी। उसने प्याला नीचे रख दिया, और चुपचाप खड़ी हो गई। उसका चेहरा एक नये प्रकाश से जगमगा उठा। उसने 'वाटर' शब्द के हिज्जे कई

बार लिखे। तब वह ज़मीन पर बैठ गई और मुझसे ज़मीन का नाम पूछा। तब अचानक वह मुड़ी और मुझसे मेरा नाम पूछा। मैंने लिखा 'टीचर।' उसी समय हेलेन की छोटी बहन वहां आ गई, और हेलेन ने 'बेबी' शब्द के हिज्जे लिख दिए।"

हेलेन खुशी-खुशी, अपनी पहुंच के भीतर की, हर चीज़ को छूने लगी। छूने के बाद वह एनी की बांह पकड़कर उस चीज़ का नाम पूछती। खुशी के मारे एनी की उंगलियां इतनी कांप रही थीं कि वह नामों के हिज्जे नहीं लिख पा रही थी। उसने यह आश्चर्यजनक समाचार पहले मिसेज़ केलर को दिया, और तब मिसेज़ होपकिंस को खत लिखने के लिए दौड़ी। हेलेन केलर को रास्ता मिल गया था। यही मार्ग उसे उसके गहन अन्धकारमय जगत् में से निकालकर मानवों के सम्पर्क में लाएगा।

उसके पत्र लिखते समय भी हेलेन कमरे में दौड़ रही थी। एनी ने हेलेन की तरह खुशी से दमकता हुआ चेहरा आज तक नहीं देखा था। वह चीज़ों को छू रही थी, और उनके जो नये नाम उसे मिले थे उन्हें हवा में लिख रही थी—'दरवाज़ा', 'बिस्तर', 'कुरसी'। इसके अलावा वह अपना सबसे अधिक चहीता शब्द 'टीचर' बार-बार लिख रही थी। वह एनी के नज़दीक आ गई और आहिस्ता से उसके बाल और चेहरा छुआ। उंगलियों से वह बार-बार 'टी-ई-ए-सी-एच-ई-आर' शब्द के हिज्जे लिख रही थी। एनी ने उसे बांहों में भरकर प्यार से चिपटा लिया।

वह दिन गज़ब का था। हेलेन नये शब्द सीखते थकती नहीं थी। जहां भी वह जाती—जो चीज़ भी वह छूती, फौरन एनी का हाथ पकड़कर उसका नाम जानना चाहती थी। जब एनी उसे वह शब्द बता देती थी तो खुशी के कारण बच्ची का सारा शरीर कांपने लगता था। अब चीज़ों के ही नहीं, क्रियाओं के सूचक शब्द—'दौड़ना', 'बैठना', 'चलना', 'जाना', 'आना', 'देना' आदि—भी वह सीख रही थी। हेलेन शब्दों को इस तरह पी रही थी जैसे गरमी वाले दिन पानी पी रही हो।

और रात के समय हेलेन केट केलर के घुटनों पर झुक गई

और उसने लिखा, 'मदर'। केलर-परिवार का वह घर खुशी से किस तरह भर गया होगा, इसका अनुमान आसानी से लगाया जा सकता है। जब हेलेन के सोने का वक्त आया तो एनी उठ खड़ी हुई और परिवार के सब लोगों को गुड नाइट कहा। कैप्टेन केलर अपनी कुरसी से उठ खड़े हुए और कमरा पार करके उसके साथ बाहर तक आए। वे कुछ कहना चाहते थे। शब्द नहीं निकले, लेकिन उन्होंने अपनापे के भाव से उसका हाथ दबाया।

बिस्तर पर जाते वक्त एनी के दिमाग में एक बार आया कि अब उसे कुछ नहीं चाहिए, लेकिन अगले दिन सुबह उसने मिसेज़ होपकिंस के नाम लिखे गए पत्र में यह और लिखा:

"कल रात जब मैं बिस्तर में लेट गई तो हेलेन अपनी इच्छा से मेरी गोद में आई, और पहली बार उसने मुझे चूमा, और मुझे लगा कि खुशी के मारे कहीं मैं मर ही न जाऊं।"

और बाद में चलकर हेलेन ने उस रात के बारे में लिखा है:

"उस महत्त्वपूर्ण दिन के बीतने पर जब मैं अपने बिस्तर में पड़ी-पड़ी दिन-भर की अपनी खुशियों को दुबारा से भोग रही थी तब मुझसे अधिक प्रसन्न बच्चा दुनिया में शायद ही कोई और रहा हो। शायद उस रात मैंने जीवन में पहली बार नया दिन निकलने की प्रतीक्षा की।"

7

यह परिवर्तन बड़ा विलक्षण था। भाव और विचार बच्चीके मुंह पर खेलने लगे थे। अब हेलेन को नहलाना या कपड़े पहनाना दो हफ्ते पहले जैसा मुश्किल काम नहीं रह गया था।

आज सुबह एनी द्वारा इस्तेमाल की जाने वाली हर चीज़ का, और अपने हर एक कपड़े का, नाम पूछने के लिए हेलेन की उंगलियां थिरक रही थीं। एनी उसके पीछे खड़े होकर उसे देख रही थी।

वाकई अपनी साफ और नई पोशाक में, अपने उज्ज्वल चेहरे पर उदयोन्मुख विचारों की आभा लिए, नन्ही केलर बड़ी प्यारी लग रही थी।

अचानक एनी का मैत्रीपूर्ण स्पर्श न पाकर हेलेन ने अपना सवा-लिया हाथ बढ़ा दिया। एनी ने उसके हाथ पर लिखा : "नीचे जाकर खाओ।"

हेलेन तेज़ी से सीढ़ियों की ओर चल दी। ऊपर वाली सीढ़ी पर ही वह रुक गई। एनी समझ गई कि वह डर की वजह से नहीं रुकी है, क्योंकि सीढ़ियों पर तो वह दिन-भर निडरता से दौड़ी-फिरती थी। लगता था उसके दिमाग में कोई खयाल आया है। उसके नन्हे चेहरे पर एक मधुर भाव उभर आया था। जब शिक्षिका ने अपना हाथ हेलेन की ओर बढ़ाया तो उसने उसके हाथ में अपना हाथ थमा दिया।

लिहाज़ा के साथ-साथ सीढ़ियां उतरने लगीं। और जब हेलेन और एनी ने कमरे में प्रवेश किया तो केलर-परिवार के लोगों के चेहरों पर जो खुशी थी वह एनी की कमज़ोर आंखों से भी छिपी न रह सकी। प्यार की इस भावना को न समझना अमानवीय होता। लेकिन जब हेलेन मेज़ पर अपनी जगह लेने बैठी तो सबके साथ एनी को भी अचरज हुए बिना न रह सका। मेज़ पर बैठे लोगों में से उसने हर एक को छुआ, और हर एक के हिज्जे लिखे। इस बात पर यकीन करना मुश्किल था। जो नाम उसे कल बताए गए थे वे उसे एक ही बार में याद हो गए थे। इससे भी बड़ी बात यह थी कि उसने सभी लोगों के नाम सही-सही लिखे।

"यह हमें पहचानती है! यह जानती है कि हम कौन हैं!" मिसेज़ केलर चीख उठीं। "ओह, मिस एनी! तुम नहीं समझ सकतीं– समझ सकतीं ही नहीं—कि हमारे लिए यह बात क्या माने रखती है! अब यह बच्ची हमें समझ सकेगी, हमारा असली अंग हो सकेगी।"

और मेज़ के एक सिरे से कैप्टेन केलर बोल उठे, "और अभी तो शुरूआत ही है! जब आपने इन कुछ ही दिनों में हेलेन को इस

काबिल कर दिया है, और इसने सीखने में इतनी तेज़ी दिखायी है, तो यह क्या नहीं कर सकती! यह कहां तक नहीं पहुंच सकती!"

इस प्रसन्नवदन बच्ची को देखकर केलर-परिवार के सभी लोग खुश हो उठे हों, तो इसमें अचरज ही क्या था! सुन्दर कपड़ों में सजी-धजी नन्ही हेलेन एनी द्वारा पकड़ाए गए चम्मच से खाने में मशगूल थी।

अपनी पहली बड़ी सफलता और केलर-परिवार के प्रेमपूर्ण वचनों से एनी बड़ी खुश थी। लेकिन जब रोज़ की तरह वह हेलेन को सुबह के समय खिलाने के लिए बाग में ले गयी तो उसके दिमाग में कैप्टेन केलर का सवाल तहलका मचाने लगा: 'यह क्या नहीं कर सकती! यह कहां तक नहीं पहुंच सकती!' उसे लोरा ब्रिजमैन की याद आयी। लोरा को खुद डा० हो ने और उस समय उपलब्ध सर्वश्रेष्ठ शिक्षकों ने पढ़ाया था। एनी के मुकाबले वे लोग कहीं अधिक बुद्धि-मान और सुदीक्षित थे। लेकिन—एनी को मानना पड़ा—लोरा की ज़िंदगी एक अजनबी और अकेली लड़की की ज़िंदगी रही है। हाथ के इशारों के कारण वह सन्तुष्ट थी, और उपयोगी भी थी। लेकिन रोज़मर्रा की ज़िंदगी में वह अपनी जगह नहीं बना पायी थी। अब वह पचास की उम्र पार कर चुकी थी, लेकिन उसी स्कूल में थी जिसमें वह सात वर्ष की उम्र में आयी थी। स्कूली शिक्षा पूरी करने के बाद उसने अपने घर अपने घरवालों के साथ रहने की कोशिश की थी, लेकिन इसमें वह बुरी तरह नाकाम रही थी। क्यों? क्या लोरा ब्रिजमैन और हेलेन केलर जैसे बच्चों की किस्मत में यही बदा है? क्या हेलेन के साथ भी यही बीतेगी? क्या उसे एक कोने में—एकाकी और अजनबी व्यक्ति का जीवन बिताना होगा? यह सोचकर एनी का दिल दर्द से भर उठा।

हेलेन ने आकर उसका हाथ खींचा और वह जो फूल अभी-अभी तोड़कर लायी थी, उसका नाम पूछा। एनी ने उसके हिज्जे बता दिए। वह फिर अपने खयालों में डूब गयी। शब्द। इसमें शक नहीं कि हेलेन शब्द सीख सकती है। वह बहुत तेज़ी से उन्हें सीख भी रही है। लेकिन केवल शब्दों के सीखने से क्या होता है? सवाल यह है

कि वह लोगों से बातचीत करना सीख सकेगी, या नहीं? लोरा ब्रिजमैन तो यह नहीं सीख पायी थी।

अचानक एनी ने अपने घुटनों पर हल्का-सा दबाव महसूस किया। नीचे देखा तो सवा साल की एक नन्ही-सी लड़की खड़ी थी! जो बच्चे अंधे या बहरे-गूंगे नहीं होते थे वे एनी को नये और अच्छे लगते थे। इतने में ही बच्ची की मां जल्दी मचाती हुई आ गयी। एनी इससे नाखुश ही हुई।

"वहां रुको मत! दौड़ो और फूलों की खुशबू लो! मिस एनी को तंग मत करो। और हेलेन को अकेले खेलने दो!"

"वह मुझे तंग तो नहीं कर रही थी," एनी ने कहा। भागती हुई बच्ची की ओर देखकर वह मुस्करायी, और हाथ हिलाया। बच्ची फूलों की ओर देखती हुई भाग पड़ी, लेकिन मां का हुक्म मानते हुए वह हेलेन के पास नहीं गयी। एनी फिर लोरा ब्रिजमैन के बारे में सोचने लगी, और तब अचानक वह रुक गयी। ऐसा लगा जैसे उसके दिमाग में एक रौशनी-सी कौंध गयी हो। उसने फिर उस नन्ही बच्ची की तरफ देखा। बच्ची ने अपनी मां का कहना माना था। उसने कहना इसलिए माना था क्योंकि जो कुछ उसे बताया गया था उसका मतलब वह समझ गयी थी। एनी ने पहले भी कई बार ऐसा होते देखा था। उसने बच्ची का नाम लेकर पुकारा। बच्ची ने मुड़कर उसकी तरफ देखा। एनी ने अपना हाथ उसकी ओर बढ़ा दिया।

"आओ!" उसने कहा, "इधर मेरे पास आओगी?"

बच्ची एनी को जानती थी। कुछ दिन पहले उनकी दोस्ती हुई थी। ऐसा लगा कि जैसे एक क्षण उसने एनी के प्रस्ताव पर सोचा और फिर उसे स्वीकार कर लिया। एनी जिस कुर्सी पर बैठी थी वहां पहुंचकर वह बड़े प्यार से मुस्करायी और एनी ने अपनी बांहें उसके गले में डाल दीं।

"बेबी का कान किधर है?" उसने पूछा। बच्ची ने फौरन अपने कान की तरफ इशारा कर दिया। "ठीक!" एनी ने सहमति प्रकट की। "अब बताओ तुम्हारा चेहरा कहां है?"

दो नन्हे हाथों ने वह छोटा-सा चेहरा ढक लिया और दो नीली आंखें उंगलियों की दराजों से झांकने लगीं। जब एनी ने एक चुम्मी मांगी तो उसे मिल गयी। पास से एक फूल तोड़कर एनी ने बच्ची के हाथ में थमा दिया। "इसे मां को दे आओ," उसने कहा और देखती रही कि वह क्या करती है। वह समझ गयी कि एक विचार बच्ची के छोटे-से दिमाग में करवट ले रहा है। बेबी एक मिनट रुकी, इसके बाद मुड़ी और अपनी मां की ओर भाग चली।

"यह मेरी हर बात समझ गई, क्या नहीं?" एनी ने मां से पूछा।

"हां, यह समझ गई!" उस औरत ने कहा।

एनी उन्हें जाते हुए देखती रही। अब उसने हेलेन की ओर देखा। बात एनी की समझ में आ गई थी। इस बातचीत से यह स्पष्ट हो गया था कि बच्ची खुद बोलने से काफी पहले बातों का अर्थ समझना सीख गई थी। तो रहस्य यह था : बच्चों को बोलना कोई सिखाता नहीं। वे बोलना इसलिए सीखते हैं चूंकि सारे दिन उन्हें अपने चारों ओर शब्द सुनाई पड़ते हैं। अगर ऐसा है तो ठीक है, हेलेन को भी दिन-भर अपने चारों ओर शब्द सुनाई दिया करेंगे।

एनी ने अचानक यह निश्चय किया कि जिस तरह हमारी बात बच्चे के कान में पहुंचती है, उसी प्रकार मैं उसके हाथ में लिखकर उससे बात करूंगी। मैं खुद उससे बात करूंगी, और बाकी सबसे भी ऐसा ही करने को कहूंगी। और कुछ दिन बाद वह खुद सब शब्दों को समझ लेगी और उनका प्रयोग करने लगेगी।

क्या यही वजह थी कि लोरा ब्रिजमैन रोज़मर्रा की इंगलिश नहीं सीख सकी थी? क्योंकि उसके शिक्षक इस बारे में अत्यन्त सावधान थे कि उसे बताए गए प्रत्येक शब्द का अर्थ भी उसे बताया जाए। सभी रिपोर्टों में स्वीकार किया गया था कि लोरा का शिक्षण-क्रम तैयार करने में पूरी सावधानी बरती गई थी। एनी का अपना अनुभव यही था कि लोरा काफी ज़हीन औरत थी।

बाग में मौसम बड़ा सुहाना था, लेकिन हेलेन के लिए नये शब्दों

के प्रयोग का भी यही समय था। एनी उठी और हेलेन को घर चलने की आज्ञा देने चली, तभी अचानक वह रुक गई। चारों ओर बसन्त की छटा थी, सुन्दर और चमकीली। स्वस्थ और व्यस्त बच्ची हेलेन और बसन्त जैसे एक-दूसरे के लिए ही बने थे। हेलेन खुश थी। उसने बाग़ और खेत में दिलचस्पी लेनी शुरू कर दी थी। यहां आकर वह अधिक से अधिक शब्दों को जान लेना चाहती थी। क्या उसे घर ले जाना बेवकूफी न होगा? वहां वह अपनी छोटी कुरसी पर बैठी-बैठी अपनी छोटी मेज़ पर रखी चम्मच जैसी चीज़ों को समझने की कोशिश करेगी, जिनमें उसकी कोई दिलचस्पी नहीं थी। दरअसल वह इस बसन्ती दुनिया की हर चीज़ को छूकर उसका नाम जान लेना चाहती थी।

केलर-परिवार के उस बाग में खड़ी एनी सुलिवान ने अचानक यह निश्चय किया कि वह हेलेन केलर को उस चहारदीवारी की घिरी-घिरी ज़िन्दगी से दूर रखेगी जिसमें लोरा ब्रिजमैन और उस जैसे अनेक बच्चों को अपनी ज़िन्दगी बितानी पड़ी है। वह आएगी और जाएगी, जो चाहेगी करेगी, जैसे चाहेगी खेलेगी और उसे यह अहसास नहीं होने दिया जाएगा कि वह कोई अहम काम कर रही है।

कई दिन बाद एनी ने मिसेज़ होपकिंस को सूचित किया, "नई योजना बहुत-खूब चल रही है। हेलेन सौ से अधिक शब्दों के अर्थ जान गई है, और हर रोज़ नये शब्द सीख रही है। सीखने पर जैसे उसका बस ही नहीं है, जैसे कोई चिड़िया उड़ना सीखती है।"

इन दिनों वे दोनों—खुश शिक्षिका और खुश हेलेन—प्रायः घर की चारदीवारी से बाहर रहती थीं। केलर-परिवार के फार्म में बसन्त अपनी बहार दिखा रहा था। हर चीज़ को नई ज़िन्दगी मिल रही थी, और रोज़-रोज़ नये नन्हे जानवर दिखाई देते थे। एक ऐसी नन्ही लड़की के लिए, जिसकी अपनी बुद्धि और आत्मा जन्म लेने के क्रम में थे, यह जगह बहुत ही उपयुक्त थी।

एक दिन सुबह के समय एनी मिसेज़ होपकिंस को अपना साप्ताहिक पत्र लिख रही थी कि हेलेन सीढ़ियों पर दौड़ती हुई

उसके कमरे में आ पहुंची। उसने 'डाग बेबी' लिखा और एक हाथ की पांच उंगलियां दिखाकर उन्हें अपने मुंह में रख लिया। पहले एनी ने सोचा कि शायद केलर-परिवार के किसी कुत्ते ने किसीको काट लिया है। लेकिन हेलेन की खुशी से वह समझ गयी कि ऐसा नहीं हो सकता। वह उसके साथ चलकर नीचे आई। हेलेन एक कोने में जाकर घुटनों पर झुक गई। कोने में एक कुतिया थी और उसके हाल ही में जनमे पांच पिल्ले थे।

"बेबी-बेबी-मदर-डाग," हेलेन बार-बार कह रही थी।

एनी ने हेलेन का हाथ एक बच्चे पर रखा और बेबी डाग के लिए 'पपी' शब्द उसे बताया। जब वह छोटा-सा पिल्ला घूम-फिरकर अपनी मां के पास जाने की कोशिश करने लगा तो हेलेन खुशी से खिलखिला पड़ी। उसने हर पिल्ले को छुआ और तब एक हाथ की पांचों उंगलियां दिखाईं। एनी ने उसका परिचय 'फाइव' शब्द से कराया। बच्ची के मुंह से साफ पता चलता था कि वह कुछ सोच रही है। तब उसने एक उंगली उठाई और कहा, "बेबी।" एनी ने अनुमान लगाया कि वह अपनी बहन माइल्डरेड के बारे में सोच रही है। उसने उसके हाथ पर लिखा, "एक बेबी और पांच पिल्ले।"

एक पिल्ला दूसरों की तुलना में छोटा था। हेलेन ने कहा, "स्माल—स्माल।" अपनी बात समझाने के लिए वह एनी की ओर मुड़ी।

"वेरी स्माल," एनी ने उसे उचित शब्द दिया। एक क्षण में ही हेलेन समझ गई कि उसके दिमाग में जो विचार आया था उसे 'वेरी' शब्द से प्रकट किया जा सकता है। घर लौटते समय वह छोटे-छोटे कदम रख रही थी, और कह रही थी "वाक स्माल," और सब और छोटे डग भरकर वह कहती—"वेरी स्माल।"

मौसम बड़ा सुहावना था, और एनी व हेलेन रास्ते-भर पैदल ही आए। एनी ने बच्ची को पौधों, फूलों व पेड़ों से परिचित कराया और टेनेसी नदी के बारे में उसे बताया। "मुझे ऐसा लगा जैसे मैं इन चीज़ों को पहली ही बार देख रही हूं," उसने कहा। वे जब भी ऐसी सैर करके लौटती थीं तब हेलेन अपनी हर बात मां को बताने

की कोशिश करती थी, इससे एनी खुश होती थी।

हकीकत यह कि हेलेन जहां भी जाती वहां हर आदमी से बात करना चाहती थी। उसके दौरे खत्म हो गए थे और वह एक दोस्त-मिज़ाज और खुशदिल नन्ही लड़की हो गई थी। वह अपने स्पर्श में आनेवाले हर व्यक्ति को प्यार करने और दूसरों को अपनी उंग-लियों की बातचीत सिखाने के लिए तैयार रहती थी।

पढ़ना सीखने में भी उसे अजीब आनन्द आया। एनी उसे लेकर केलर-भवन के पास वाले एक पेड़ के नीचे चली जाती थी। वहां उसने उसे उभरे हुए अक्षरों वाली वर्णमाला पढ़ानी शुरू की। पहले उसने उभरे हुए अक्षरों वाली पुस्तक से पढ़ाना चाहा। उसने बच्ची की उंगलियां अलग-अलग शब्दों पर रखीं, लेकिन वह इस तरह नहीं समझ सकी। तब एनी ने उभरे हुए अक्षरों वाली वर्णमाला का सहारा लिया। पहले वह हेलेन की उंगली उभरे हुए अक्षर 'ए' पर रखती और उसके साथ ही उसके हाथ में भी 'ए' अक्षर बनाती थी। यह बात हेलेन की समझ में आ गई और अन्य उभरे हुए अक्षरों पर वह खुद ही अपनी उंगलियां फिराने लगी। एक ही दिन में वह सारे अक्षर सीख गई। तब एनी ने उसकी उंगली किताब में लिखे 'कैट' शब्द पर रखी। हेलेन ज़्यादा से ज़्यादा शब्दों की मांग करने लगी। किताब से वह खुश हो गई। एक रात एनी ने देखा कि बिस्तर में भी वह किताब लिए हुए थी। अगले दिन पूछे जाने पर उसने एनी को बताया, "किताब डर गई—बहुत रोई। लड़की डरी नहीं। किताब लड़की के साथ सोई।"

हेलेन को परेशानी इस बात की थी कि किताब में उसका अपना, या उसके परिचितों का नाम नहीं था। किताबों में वाकई इतने अधिक शब्द नहीं थे जितने शब्दों का प्रयोग वह कर सकती थी। लिहाज़ा एनी ने शब्दों की एक सूची मि० एनैग्नोज़ के पास भेजी। उस दयालु व्यक्ति ने उन शब्दों,को मोटे कागज़ पर लिखवा दिया ताकि एनी और मिसेज़ केलर कागज़ को काटकर शब्दों को अलग कर सकें। ऐसा करने के बाद उन्होंने 'हेलेन' नाम को उसके कपड़ों पर चिपका दिया। उन्होंने 'कुरसी पर है' शब्दों को एक

कुरसी पर चिपका दिया और तब हेलेन को कुरसी पर खड़ा कर दिया। इसी तरह उन्होंने 'माइल्डरेड' शब्द को उस बच्ची पर चिपका दिया और बिस्तर पर 'बिस्तर में है' शब्द को चिपका दिया। हेलेन बड़ी खुश हुई। और जब एनी ने कुछ शब्दों को एक छोटे-से बक्से में रख दिया तो हेलेन उसे लेकर बैठ जाती और हर एक शब्द को बड़े प्यार से छूती थी। वह पूरे-पूरे विचारों को अपनी उंगलियों से उसी तरह प्रकट करने लगी जिस तरह सामान्य बच्चे मुंह से बोलकर करते हैं। और हमेशा वह 'अधिक शब्द—और अधिक शब्द' की रट लगाए रहती थी।

एक दिन एनी ने एक चूहा पकड़ा, और उसे एक बक्से में बन्द कर दिया। तब उसने उभरे हुए अक्षरों में एक कहानी लिखकर रख दी। इसके बाद वह एक पालतू बिल्ली लेकर हेलेन के साथ एक मेज़ पर बैठ गई। बहुत धीरे से उसने हेलेन की पहली उंगली इन शब्दों पर फिराई: "बिल्ली—बक्से—पर—है।" इसके साथ ही उसने हेलेन का दूसरा हाथ लेकर बक्से पर बैठी बिल्ली पर रख दिया। बच्ची को इसपर आश्चर्य हुआ। "बक्से के अन्दर एक चूहा है। बिल्ली चूहे को देख सकती है।" वाकई, हेलेन भी इसे समझ सकती थी। उसके चेहरे से पता चलता था कि वह इसमें दिलचस्पी ले रही है। "वह बिल्ली चूहे को खा जाना चाहेगी।" दरअसल इस वाक्य में वह केवल तीन ही शब्द जानती थी—"बिल्ली, खाना, चूहा,"—लेकिन एनी ने धीरे-धीरे उसकी नन्ही उंगली को और आगे बढ़ाया। "बिल्ली को चूहे को मत खाने दो।"

"नहीं, नहीं, नहीं!" हेलेन बोली। उसने हैरान बिल्ली को उठाकर फर्श पर रख दिया। तब जल्दी से उसने बक्से को ढक दिया। एनी ने उसे बताया कि कहानी अभी बाकी है। "उस बिल्ली को कुछ दूध मिल सकता है और चूहे को केक।" क्या इस सुखद अंत को वह समझ पाएगी? कहानी में नये शब्दों का प्रयोग किया गया था, और एनी ने जान-बूझकर रुककर उनके हिज्जे नहीं किए थे। वह हेलेन की छोटी उंगलियों को उभरे हुए अक्षरों के अन्तिम छोर तक फिरते हुए देखती रही। तब हेलेन मुस्करायी और उसने अपनी

शिक्षिका को चूम लिया। तब एनी ने कहा, "हेलेन, बिल्ली को दूध और चूहे को केक दे दो।"

हेलेन की उंगलियों पर शायद सबसे पहले और अक्सर आने-वाले शब्द 'हेलेन गिव—' थे। अब एनी ने उसे एक नये शब्द 'यस' के हिज्जे बताए और उसे दूध और केक दे दिया।

जब दोनों जानवरों को खाना दे दिया गया तो हेलेन को यह बात कई बार बतानी पड़ी कि चूहा सही-सलामत है। तब वह एनी की बांहों में सिमटकर बोली, "और शब्द, बहुत-सारे शब्द!"

हंसते हुए एनी ने उसे 'कहानी' शब्द सिखाया। हेलेन ने इसे आसानी से सीख लिया, लेकिन उसकी रट अब भी वही रही:

"और कहानी—इतनी सारी कहानी।"

8

मई के अंतिम दिनों में अलाबामा का वह प्यारा वसंत भीषण ग्रीष्म में बदल गया। दक्षिण के लोगों को भी वह गरमी सताने लगी।

हेलेन अब पहलेवाली पुष्ट और स्वस्थ बालिका नहीं रह गयी थी। दिन-भर वह हताश-सी रहती थी, और रात को बेचैन हो उठती थी। एक दिन गरमी और दिनों से बहुत अधिक थी। हेलेन ने उस दिन अपने सब कपड़े उतार लिए थे और वह नंगी बैठी उभरे हुए अक्षरोंवाली एक पुस्तक पर अपनी उंगलियां फिरा रही थी। धूप अंदर आ रही थी, लिहाज़ा उसने खिड़की बन्द कर दी। जब इससे भी चैन न पड़ा और उसे एनी की मौजूदगी का अहसास हुआ तो उसने उंगली से लिखा, "सूरज बुरा लड़का है! सूरज को सो जाना चाहिए।"

जब एनी ने उससे एक गिलास पानी मांगा तो हेलेन ने लिखा, "पांव बहुत बीमार हैं। पांव रो रहे हैं।"

उंगलियों से उसे बात करते देखकर केलर-परिवार के कई सदस्य और उनके मित्र कह चुके थे: "आप इस गरीब लड़की से

बहुत ज़्यादा काम ले रही हैं! उसका दिमाग बहुत अधिक मेहनत करता है!"

'ये लोग ही कुछ महीने पहले तक यह सोचते थे कि इस बच्ची के दिमाग है ही नहीं', एनी ने मन ही मन सोचा। 'सुबह आंख खुलते ही यह लिखने लगती है, और दिन-भर लिखती ही रहती है। अगर मैं इससे बात नहीं करती तो यह अपने ही हाथ में लिखने लगती है, और खुद से ही बात करने लगती है।'

बच्ची को शांत रखने के लिए एनी ने उसे खेलने के लिए ब्रेल-बोर्ड दे दिया। उसने लकड़ी के एक तख्ते के नीचे मोटे कागज का एक ताव रख दिया था। तख्ते के ऊपर एक और पट्टी थी जिसे सरकाया जा सकता था। इस तख्ती में बहुत सारे छेद बने हुए थे। एनी ने एक नुकीली लकड़ी हेलेन के हाथ में थमा दी और उसे समझाया कि अगर वह इनमें से किसी एक छेद में लकड़ी डालकर पीछे की तरफ दबाए तो कागज़ के दूसरी तरफ उस छेद जैसे निशान उभर आएंगे। यह सोचकर कि यह काम ऐसा है जिसमें हेलेन के दिमाग को 'बहुत ज़्यादा मेहनत' नहीं करनी होगी, एनी अपने लेखनकार्य में जुट गयी।

आधे घण्टे बाद हेलेन उसकी बांह पकड़कर खींच रही थी। "लेटर—पोस्ट आफिस—" उसने लिखा और ब्रेल के कागज़ की ओर इशारा किया।

एनी ने उसकी ओर देखा। "लेटर," वह बोली। इसे पता कैसे चला कि चिट्ठी क्या होती है। एक बार वह हेलेन को पोस्ट आफिस ले गयी थी, और उसे बताया था कि वह 'मिसेज़ होपकिंस और अंधी लड़कियों को चिट्ठयां भेज रही है,' लेकिन इसके अलावा उसे कुछ नहीं बताया गया था।

"हेलेन ने चिट्ठी में क्या लिखा?" एनी ने पूछा।

"फ्रैंका," हेलेन ने लिखा। केलर-परिवार का यह सदस्य उन दिनों बाहर था। "पिल्ले मां कुतिया पांच। बेबी रोती है। गर्मी बहुत है। हेलेन घूमती है—नहीं। फ्रैंक आया। हेलेन ने फ्रैंक को चूमा। टीचर ने चिट्ठी को अन्दर—" उसके पास उपयुक्त शब्द नहीं

था, लेकिन उसने इशारे से अपनी बात साफ कर दी—उसने ऐसा इशारा किया जैसे वह चिट्ठी रखने के लिए कोई चीज़ ढूंढ़ रही हो। "अब पोस्ट आफिस जाओ।"

एनी अपनी शिष्या को हैरानी से देख रही थी। जब 'वाटर' शब्द ने हेलेन के दिमाग का द्वार खोल दिया था, उस घटना को अभी पूरे दो मास भी नहीं हुए थे। और अब न केवल हेलेन अपने मन से वाक्य बनाने लगी थी, बल्कि यह भी प्रकट करने लगी थी कि वह समझती है कि चिट्ठी क्या होती है और उसका क्या किया जाता है। उसकी उम्र के किसी भी बच्चे से इससे अधिक और क्या उम्मीद की जा सकती थी।

एनी मिसेज़ होपकिंस के नाम अपने पत्र को पूरा करने लगी:

"अब मैं एक ऐसी बात बताने जा रही हूं, जो सिर्फ आपके लिए है। मुझे ऐसा लगता है कि मुझे सर्वथा आशातीत सफलता मिलने वाली है...मैं समझती हूं कि हेलेन में आश्चर्यजनक क्षमताएं हैं, और मेरा खयाल है कि मैं उन्हें विकसित और रूपायित कर सकूंगी। मैं यह नहीं कह सकती कि मुझे इसकी प्रतीति क्योंकर है। कुछ दिनों पहले मेरी समझ में नहीं आता था कि अपना काम कैसे शुरू करूं। मैं अंधेरे में तीर चला रही थी। लेकिन अब मुझे मालूम है, निश्चय ही मालूम है।

"अभी से लोग-बाग हेलेन में दिलचस्पी लेने लगे हैं। वह सामान्य बच्ची नहीं है और उसकी पढ़ाई में लोगों की दिलचस्पी भी गैर-मामूली होगी...मैं आपको हर बात बताती रहूंगी, लेकिन आप-को यह वायदा करना होगा कि मेरे पत्र किसीको दिखाएंगी नहीं। अपना बस चलते तो मैं अपनी खूबसूरत हेलेन को नुमाइशी बच्ची नहीं बनने दूंगी।"

जब मौसम की गरमी कायम रही और बाहर जाना मुमकिन नहीं हुआ तो एनी ने हेलेन को लिखना सिखाने का निश्चय किया। जीवन-भर एनी सुलिवान इस बारे में दृढ़संकल्प रह कि अन्धे बच्चों को अलग-थलग ज़िंदगी नहीं बितानी चाहिए। हेलेन एक परि-वार, और ऐसे मित्रों, के मध्य रहनेवाली अन्धी बच्ची थी जो

देख सकते थे। 'बातचीत' तो उंगली की वर्णमाला से ही की जा सकती थी। पढ़ने के लिए ब्रेल या उभरे हुए अक्षरों से काम लिया जा सकता था। लेकिन हेलेन की ज़िंदगी दूसरे लोगों के साथ अच्छी तरह बीतनी ज़रूरी थी। एनी को आशा थी कि ऐसा ही होगा। ऐसा होने पर उसका सम्पर्क ऐसे लोगों से भी होगा जो न तो उसकी उंगली की वर्णमाला समझेंगे और न ब्रेल। ऐसा कौन-सा तरीका हो सकता है जिससे हेलेन इन लोगों को अपनी बात समझा सके। एनी ने सोचा, परकिंस में सिखाए जानेवाले चौकोर (स्क्वेयर) अक्षर ही इस समस्या को सुलझा सकते हैं।

ज़रूरी सामग्री जुटाते समय एनी को वे दिन याद आए जब वह खुद अन्धी थी और इन अक्षरों को लिखना सीखने के लिए उसे भारी मेहनत करनी पड़ी थी। परकिंस में इन अक्षरों को सीखना किसीको अच्छा नहीं लगता था—जिस काम को पूरा हो चुकने के बाद आदमी अपनी आंखों से देख ही न सके, उसमें क्या खुशी हासिल हो सकती है? लेकिन अधिकतर अन्धे छात्र इसे खुशी-खुशी सीख लेते थे। कारण यह कि इसे सीख लेने पर वे अपने मित्रों और परिवारवालों को अपने पत्र खुद लिख सकते थे।

उसने हेलेन को छोटी मेज़ पर बुलाया और उसे बताया कि वह "उसे टीचर जैसे अक्षर लिखने सिखा रही है।" उसने बच्ची की उंगली उभरे हुए अक्षरोंवाली वर्णमाला के 'सी' अक्षर पर रख दी। इसके साथ ही उसने अपने हाथ से भी 'सी' अक्षर बताया। इसके बाद उसने बच्ची का हाथ लिखने की तख्ती पर रख दिया। तख्ती पर उभरे हुए चारखाने बने थे। अब उसने हेलेन को समझाया कि उसे एनी की ही तरह 'सी' लिखना है। हेलेन ने उभरे हुए चारखानों में बने 'सी' को टटोलकर उसे समझ लिया था। उसे लगा कि यह कोई नया खेल है, और इससे वह खुश हुई। चारखानों वाले सात अक्षर उसने झटपट सीख लिए। इसके बाद वह घण्टों मेज़ पर बैठी-बैठी अक्षरों की पहचान करती रही। बार-बार वह इस बात का निश्चय कर लेती थी कि वह अक्षर वैसे ही और उसी जगह बना रही है जिस जगह एनी ने बनाने को कहा था। कुछ

दिनों बाद, एनी की थोड़ी-सी सहायता से उसने लिखा, "बिल्ली दूध पीती है।"अपनी इस कामयाबी से खुश होकर मां के पास गयी और उससे इन शब्दों को अपने हाथ में लिख देने को कहा।

जिस बच्ची की कुछ हफ्तों पहले कोई आशा ही न थी उसीके हाथ से लिखे सुपाठ्य अक्षरों को देखकर मिसेज़ केलर की आंखें आंसुओं से भर आईं। शायद अतिशय भावुकता के कारण उनकी उंगलियां भी ठीक से काम न कर पाई हों, क्योंकि हेलेन के चेहरे पर परेशानी उभर आई। "हेलेन ने गलत लिखा। मां रोती है।"

जल्दी ही हेलेन अन्ना नामक एक लड़की के नाम अपनी पहली चिट्ठी लिख रही थी :

"हेलेन अन्ना को लिखती है ज्यार्ज हेलेन को सेब देगा जैक हेलेन को केक-पीस देगा डाक्टर माइल्डरेड को ठीक कर देगा मां माइल्डरेड के लिए नई पोशाक बनाएगी।"

जब ताप-लहर चली गई और हेलेन पहले की तरह फिर से स्वस्थ हो गई तब वह 'टीचर की तरह चिट्ठी लिखना' सीखने की ज़िद पहले से भी ज़्यादा करने लगी। शायद वह समझ गई थी, यह एक चीज़ ऐसी है जिसे वह और दूसरे लोगों की तरह ही कर सकती है। एनी के आने से बहुत पहले ही हेलेन यह समझ गई थी, कि वह अपने परिवार के अन्य सदस्यों और उनके मित्रों से भिन्न है। वह जानती थी कि वे उसकी तरह इशारों से बात नहीं करते, 'उंगलियों से बात' नहीं करते और टोह-टोहकर आगे नहीं बढ़ते। एनी ने मिसेज़ होपकिंस को जो पत्र लिखे थे उन्हें हेलेन ने छूकर देखा था। उसने इस बात पर गौर किया था कि उन पत्रों में वैसे उभरे हुए अक्षर नहीं थे जैसे 'अंधी लड़कियों को एनी द्वारा लिखे गए पत्रों' में थे। शायद वह समझती थी कि सामान्य लिखावट में लिखने से ही वह ऐसे लोगों से सम्पर्क बना सकेगी जो देख-सुन सकते हैं। परकिंस के बच्चों की तुलना में हेलेन को एक फायदा था। उसके लिए लिखना एक फर्ज़ नहीं था, खिलवाड़ था।

जब वह अपनी शिक्षिका के साथ फूलों को सजाती-संवारती, या नन्हे जानवरों को खिलाती या अपने लिए एनी द्वारा बनाई गई

कहानियां सुनती थी, तो उसे बड़ा मज़ा आता था। लेकिन शायद उसे यह नहीं मालूम था कि यह एनी की उस दौड़ की शुरूआत ही थी जो अनेक वर्षों तक चलनी थी। यह एक ऐसी आनन्ददायक दौड़ थी जिसकी मंज़िल हेलेन को सभी ज़रूरी और मनचाही चीज़ें सिखाना था।

यह अजीब-सी बात थी कि छूने से जिन चीज़ों को वह नहीं समझ पाती थी उनमें भी वह इतनी अधिक दिलचस्पी लेती थी। जब वे चहलकदमी या घुड़सवारी करती होतीं तो वह हमेशा पूछती रहती थी, "टीचर को क्या सब दीख रहा है?" एक बार वह हंस्टविले घूमने गई। इस सिलसिले में उसे जो चीज़ सबसे अच्छी लगी थी वह थी घोड़े पर बैठकर एक पहाड़ी की चोटी तक जाना। एनी ने उसे बताया था, "बादल खूबसूरत फूलों की तरह पर्वतों को हौले से छू रहे हैं।" जब हेलेन ने अपनी मां को इस घुड़सवारी का हाल सुनाया तो उनसे पूछा, क्या तुम 'बहुत ऊंचे पर्वत और उनकी चोटी पर बादल' देखना पसन्द करोगी? और वह रंगों में भी रुचि लेने लगी। एक दिन उसे अपनी एक किताब में 'ब्राउन' शब्द मिल गया। उसने इसका मतलब पूछा। एनी ने उसे समझाने की कोशिश की और मिसाल के तौर पर बताया कि हेलेन के बाल भूरे (ब्राउन) हैं। अब बच्ची की जिज्ञासा थी कि क्या भूरा रंग बहुत सुन्दर होता है?

इसके बाद उसने घर-भर का एक चक्कर लगाया और जिस चीज़ को भी छू सकती थी, उसका रंग मालूम किया। जब एनी ने उसे बताया कि माइल्डरेड की आंखें नीली हैं, तो उसने पूछा, "क्या वे नन्हे आसमानों की तरह हैं?"

जब वह अपनी पहुंच के भीतर वाली घर की हर चीज़ छू चुकी तो उसने बाहर चलने को कहा, लेकिन एनी ने कहा, "टीचर आराम चाहती है। हेलेन का बाहर जाना कल होगा।"

हेलेन एनी की बगल में बैठ गई। " 'सोचने' का रंग क्या होता है?"—उसने जो आसान-से सवाल एनी से पूछे उनमें से एक यह था।

जुलाई के अन्त में एनी ने हेलेन को ब्रेल लिखाना शुरू कर दिया। बच्ची यह सोचकर खुश हुई कि अब वह अपने लिखे को खुद पढ़ भी सकेगी। अब हेलेन चार वर्णमाला सीख चुकी थी : उंगली, चारखानों वाले अक्षर, उभरे हुए अक्षर और ब्रेल।

इन सबमें ब्रेल सबसे कठिन है। कारण, इसे इस तरह लिखना ज़रूरी है कि जब पढ़ने के लिए पन्ने को उलटा जाए तो इसका क्रम ठीक रहे। और वह अभी केवल सात वर्ष की थी!

एनी और हेलेन—दोनों के लिए क्रिसमस उस साल का सबसे अच्छा भाग रहा। हेलेन के सात वर्षों में यह पहला क्रिसमस ऐसा था जिसके बारे में वह पूरी तरह समझ सकती थी। हां, पिछले मौकों पर वह यह तो समझ जाती थी कि ज़रूर कोई खास बात है। उसे बड़ी फ्रूट केक के लिए फलों आदि को संवारने का मौका तो दिया जाता था। लेकिन असल में वह इतना ही समझ पाती थी कि इस मौके पर अच्छी-अच्छी चीज़ें खाने को मिलती हैं। लेकिन इस बार क्रिसमस पर उसे अपने जीवन का अब तक का सबसे अद्‌भुत अनुभव होना था। हफ्तों पहले से एनी और हेलेन क्रिसमस के बारे में बात करती रही थीं, और एनी की सारी कहानियां इसीके बारे में थीं।

जब टस्कंबिया के स्कली बच्चों ने अपनी क्रिसमस पार्टी की तो उन्होंने हेलेन को भी बुलाया। एनी का विचार था कि हेलेन को अधिक से अधिक मौकों पर दूसरे बच्चों के बीच रहने का अवसर देना चाहिए। कई लड़कियों ने उससे बात करने का तरीका सीख लिया था, और उसके हमउम्र एक लड़के ने अपनी उंगलियों से उसके नाम के हिज्जे भी लिख दिए।

उस पार्टी में हेलेन को पहली बार क्रिसमस वृक्ष को समझने का मौका मिला। "घर में यह पेड़ किसने लगाया? पेड़ पर इतनी सारी चीज़ें किसने रख दीं? क्यों रख दीं?" उसे कंचे और बक्से पसन्द नहीं आए और वह उन्हें उतारने लगी। लेकिन एनी ने उसे बताया कि यह पेड़ बड़ा सुन्दर है और ये बक्से बच्चों के लिए तोहफे हैं। एक टीचर ने उपहार बांटने के लिए हेलेन से कहा। जब एनी ने उसे यह बात समझाई तो वह खुशी से नाचने लगी। उसके लिए

भी कई उपहार थे। लेकिन उसने उन्हें एक कुरसी पर रख दिया, और जब तक उपहार-वितरण सम्पन्न नहीं हो गया तब तक उन्हें खोला नहीं। एक बच्चे के पास औरों से कुछ कम उपहार थे, हेलेन ने उससे अपने उपहारों में से कुछ उपहार ले लेने के लिए कहा।

हेलेन इस कदर खुश थी कि पार्टी खत्म हो जाने के बाद भी उसे पेड़ और बच्चों से दूर ले जाना मुश्किल हो गया। पार्टी सुबह नौ बजे शुरू हुई थी और दोपहर एक बजे तक चली थी। एनी को ज़ोरों से नींद आ रही थी, हेलेन के आसपास भी नींद नहीं फटक सकती थी।

क्रिसमस से पहली वाली रात को हेलेन आगामी कल की बात सोचती रही और सोई नहीं। अगले दिन क्रिसमस की सुबह थी। नन्ही-सी हेलेन पहली बार कमरों में घूम-घूमकर परिवार के हर सदस्य के प्रति 'क्रिसमस की शुभ कामनाएं' प्रकट कर रही थी।

खुशी के मारे वह चारों ओर नाचती फिरी। अचानक उसे एक खयाल आया। उसने एनी से पूछा, "क्यां यहां दो लड़कियां रहती हैं? क्या कुछ गड़बड़ है? इन उपहारों में से कुछ चले तो नहीं जाएंगे?"

"नहीं, नहीं," एनी हंस पड़ी। "ये सब केवल हेलेन केलर के लिए हैं।"

सभी जगह—फर्श पर और मेज़ पर—उपहार मौजूद थे। हेलेन ने हाथों से छूकर नये कपड़ों वाली एक गुड़िया और ब्रेल-बोर्ड को पहचान लिया। उसने कहा, "मैं बहुत-से पत्र लिखूंगी, और लोगों को बहुत-बहुत धन्यवाद दूंगी।"

तब उसने सोने की अंगूठी पहचान ली। इसकी इच्छा उसे बहुत दिनों से थी। एनी ने उसे बताया, "यह मिसेज़ होपकिंस ने तुम्हारे लिए भेजी है।"

"मिसेज़ होपकिंस को मैं बहुत चाहती हूं।"

अन्त में एनी ने उसे अपना उपहार दिया। यह एक छोटी-सी जीवित चिड़िया थी। इसे पाकर बच्ची खुशी से पागल हो गई।

"अगर तुम इसे शान्त रहकर खिलाया करोगी तो यह तुमसे

हिल जाएंगी, और तुम्हारे कंधे पर या उंगली पर बैठ जाया करेगी।"

"और मैं इसे ढेर-सारी बातें सिखाऊंगी," कहकर हेलेन ने प्यार से पिंजरे को छुआ।

केट केलर ने मुड़कर अपने पति से कुछ कहा। तब वे दोनों वहां आए जहां एनी और हेलेन बैठी थीं। "मिस एनी," हेलेन की मां ने धीरे से कहा, "मैं ईश्वर को रोज़ धन्यवाद देती हूं कि उसने तुम्हें हम लोगों के पास भेजा। लेकिन आप हमारे लिए कितना बड़ा वर-दान हैं, इसका अनुभव मुझे आज सुबह ही हुआ।"

कैप्टेन केलर ने एनी का हाथ थाम लिया। लेकिन उनकी आदत थी कि भावातिरेक होने पर उनके मुंह से शब्द नहीं निकल पाते थे, केवल उनका सिर ही हिलता था। हाथ को प्यार से जकड़ लेनेवाले उनके पंजे और ममतापूर्ण आंखों से ही उनके दिल का हाल समझा जा सकता था।

9

इस बात का ठीक-ठीक उल्लेख नहीं मिलता कि एनी ने हेलेन को साथ लेकर परकिंस लौट आने का निश्चय कब और क्यों किया।

हेलेन अपनी नई दुनिया में हर चीज़ इतनी तेज़ी से सीख-समझ रही थी कि एनी शुरू से ही अपने पास पढ़ाने के साधनों की कमी महसूस करने लगी थी। उसे अपने लिए किताबों की ज़रूरत थी और हेलेन के लिए उभरे हुए अक्षर और ब्रेल की किताबें चाहिए थीं। उसे ये चीजें जल्द-से-जल्द चाहिए थीं, और दक्षिण में ये उप-लब्ध नहीं थीं।

मिस्टर एनैग्नोज़ उसकी ज़रूरत की हर चीज़ उसे भेजने के लिए तैयार थे। लेकिन एक छोटी-सी अन्धी लड़की के लिए वे भारी किताबें और परकिंस का खास साज़-सामान टस्कंबिया तो नहीं भेज सकते थे।

शायद एनी के दिमाग में इसके कुछ और भी कारण रहे हों। परकिंस जाने पर हेलेन को दूसरे अंधे बच्चों की संगति मिल सकती थी। वे उससे उसीकी उंगली-वर्णमाला में बात करेंगे। इसके अलावा अन्धे बच्चों को पढ़ाने की सभी सामग्री वहां मिल जाएगी। कुछ महीने रहने पर भी हेलेन को जो अनुभव और सुअवसर परकिंस में मिल सकते थे वे दुनिया में और कहीं नहीं मिल सकते थे। शायद एनी के दिमाग में एक और बात भी थी। बोस्टन पहुंचकर वह डा० ब्रैडफर्ड के नज़दीक हो जाएगी जो उसकी आंख की हालत समझते थे, और उसका ध्यान रख सकते थे।

कारण जो भी रहे हों, एनी ने हेलेन से बोस्टन और परकिंस स्कूल के चमत्कारों का ज़िक्र ज़रूर किया होगा। इसका सबूत यह है कि मिलने से पहले ही हेलेन ने परकिंस की अन्धी लड़कियों को एक चिट्ठी में लिखा था :

"हेलेन और उसकी टीचर नन्ही अन्धी लड़कियों से मिलने आएंगी हेलेन और टीचर बोस्टन जाएंगी हेलेन और अन्धी लड़कियां खुशी-खुशी साथ रहेंगी मिस्टर एनैग्नोज़ हेलेन को प्यार करेंगे और चूमेंगे।"

मि० एनैग्नोज़ को एनी की सफलता और उसकी शिष्या की प्रगति पर गर्व था। उन्होंने एनी से परकिंस की 1887 की वार्षिक रिपोर्ट के लिए हेलेन के शिक्षण का एक विवरण लिख देने को कहा। एनी ने यह अस्वीकार कर दिया; उसके पास बताने के लिए ऐसी कोई अमूल्य बात नहीं थी। इसके अलावा पहले वाली निरंकुश हेलेन को अब की चतुर और प्रसन्न हेलेन बनाने के लिए वह कड़ा परिश्रम कर रही थी। उसे लगता था कि पिछली बातों का लेखा-जोखा तैयार करने के लिए उसके पास न तो वक्त है, और न उसकी आंखें ही इस काबिल हैं।

लेकिन कैप्टेन केलर उससे सहमत नहीं हुए। हेलेन के गर्वीले पिता होने के साथ ही वे पत्रकार भी थे। वे समझ सकते थे कि उनकी आंखों के सामने जो कुछ घटित हो रहा है, वह कितनी बड़ी कहानी है।

"माई डियर मिस एनी, मैं इस मामले में तुम्हारे एनैग्नोज़ से सहमत हूं। मैं समझता हूं कि अपने अनुभवों की यह कहानी दूसरों को बताना तुम्हारा फर्ज़ है।"

एनी को अपनी मरज़ी के खिलाफ यह बात माननी पड़ी। लेकिन इस लेख में उसे बड़ी दिक्कत पेश आई।

"जब मैं लिखने बैठती हूं तो मेरे विचार ठण्डे पड़ जाते हैं। जब मैं उन्हें कागज़ पर उतारती हूं तो वे मुझे ऐसे लगते हैं जैसे काठ के सिपाही कतार बांधे खड़े हों," एनी ने कहा।

लेकिन एनी का वह लेख तनिक भी 'निर्जीव' नहीं था। मिस्टर एनैग्नोज़ के शब्दों में यह 'डियर हेलेन और उसकी प्रसिद्ध शिक्षिका' की पूरी तस्वीर पेश करता था। इसे पढ़ने पर इक्कीस वर्षीय एनी चालीस वर्ष की और प्रसन्नवदन हेलेन एक उदास बालिका लगती थी।

लेकिन कैप्टेन केलर का सोचना सही साबित हुआ। यह कहानी बड़ी शानदार रही। इस लेख को प्रायः हर अखबार ने छापा। अमरीका और इंग्लैण्ड के अनेक लोगों के दिलों में अलाबामा की यह लड़की घर कर गई। इसके बाद से हेलेन से ताल्लुक रखने-वाली खबरें अखबारों में छपने लगीं।

यह सब-कुछ हो रहा था, लेकिन हेलेन को यह नहीं मालूम था कि उसके परिवार के, या परकिंस के, लोगों के अलावा और किसीने उसका नाम भी सुना है। अभी वह दूसरी छोटी लड़कियों की भांति बनना ही सीख रही थी।

मार्च में मिस्टर एनैग्नोज़ केलर-परिवार में आए, और उन्होंने वही किया जिसकी एनी को आशा थी। उन्होंने आगामी वसन्त में उन्हें एनी और हेलेन के साथ परकिंस आने का निमन्त्रण दिया। हेलेन के लिए वे पहले महत्त्वपूर्ण अतिथि थे। बच्चे के कारनामे देखकर दूसरे लोग तो आश्चर्यचकित ही थे, लेकिन मिस्टर एनैग्नोज़ साधारण आदमी नहीं, बल्कि अंधों के उस स्कूल के प्रसिद्ध अध्यक्ष थे। वे समझते थे कि एक साल की छोटी-सी अवधि में जो चमत्कार हुए हैं, उनका अर्थ क्या है।

केलर-दम्पती ने निश्चय किया कि उनके जाने के लिए मई का महीना ठीक रहेगा, और एनी ने अपनी तैयारियां शुरू कर दीं। जिस दिन एनी अपनी चीज़ें थैलों में भर रही थी, उस दिन हेलेन उसके कमरे में आ गई। उसके मुंह पर खुशी की चमक थी। जब वह समझी कि एनी क्या कर रही है, तो वह खुशी से नाच-नाचकर कहने लगी, "टीचर कपड़े और दूसरी चीज़ें बोस्टन जाने के लिए सन्दूक में रख रही है।"

"हां!" एनी बोली, और खुश होकर अपनी बांहें उसके गले में डाल दीं।

"मां बोस्टन में मेरे पहनने के लिए बढ़िया कपड़े तैयार कर रही हैं," नन्ही उंगलियों ने बताया, "और मैं मिस्टर एनैग्नोज़ तथा छोटी अन्धी लड़कियों को देखकर प्यारी लगूंगी! टीचर मेरे बालों को बढ़िया ढंग से संवार देगी, और अन्धी लड़कियों के साथ मैं मौज की छानूंगी। उनके साथ मैं स्कूल जाऊंगी!"

"उनके साथ मैं स्कूल जाऊंगी!" हेलेन की उंगलियों और उसके पत्रों में अक्सर ये शब्द रहते थे। एनी के दिल को इन शब्दों ने छू लिया। उसने सोचा कि क्या सुखी होने पर भी यह बच्ची अपने हम-उम्र बच्चों की संगति और अन्य बच्चों की तरह स्कूल जाने की कमीको महसूस करती है?

हेलेन कमरे में घूम रही थी, और उंगलियों के इशारों से कह रही थी, "बोस्टन! बोस्टन! बोस्टन!"

उसे देखकर एनी ने कहा, "बोस्टन! बोस्टन!" हेलेन के लिए बोस्टन आश्चर्य-लोक था; एनी के लिए वह उसका एकमात्र घर था।

ट्रेन में बैठकर उत्तर की ओर यात्रा करते समय एनी ने अनुभव किया कि उसका मन शान्त होता जा रहा है। वह हंसकर मिसेज़ केलर से बोली, "मुझे अभी-अभी अपनी पिछली यात्रा याद आ गई जब मैं टस्कंबिया आई थी। मेरी आंखों में तकलीफ थी, और मैं हेलेन के बारे में आशंकित थी, अगर वह ऐसी हुई—क्या मैं यह कर सकूंगी—"

मिसेज़ केलर की आंखों में फौरन समानुभूति तैर आयी। "मैं समझती हूं, वाकई मैं समझती हूं! मुझे भी एक महत्त्वपूर्ण यात्रा की याद आ रही है, जब कैप्टेन और मैं हेलेन को डा० क्रिसहोम को दिखाने बाल्टीमोर ले गए थे। और तब हम डा० बेल के पास गए थे—" उनकी आंखों में आंसू डबडबा आए और एनी ने प्यार से उन्हें पोंछ दिया। "जिस दिन उन्होंने हेलेन को देखकर कहा कि यह एक चतुर बच्ची है और इसे पढ़ाया जा सकता है—उस दिन हेलेन की बीमारी के बाद पहली बार हमें आशा की किरण दिखायी दी थी। और इसी वजह से हम अब वाशिंगटन में रुकेंगे। मैं चाहती हूं कि डा० बेल खुद देखें कि अब हेलेन कैसी हो गयी है—और मैं उन्हें उस चमत्कारी जीव से—मेरा मतलब तुमसे है—भी मिलवाना चाहती हूं।"

हेलेन के लिए भी यह यात्रा पहली से भिन्न, पहली से ज़्यादा मज़ेदार थी। दो साल पहले वह एक बेचैन बच्ची थी जिसे सबकी मदद की दरकार थी। अब वह यात्रा के प्रत्येक क्षण का आनन्द उठा रही थी: पहियों के चलने की हरकत, अजीब हवा, और खिड़की में से देखकर मां और ऐनी जो कुछ बता रही थीं, वह सब कुछ। उस समय न तो एनी सुलिवान यह अनुमान लगा सकती थी और न केट केलर कि आगामी वर्षों में यही बच्ची दुनिया-भर की सैर करेगी। लेकिन अपनी पहली यात्रा में ही हेलेन में जन्मजात पर्यटक की सब कुछ जान लेने की उत्सुकता मौजूद थी।

और उन तीनों ने यात्रा भी खासी कर डाली। हेलेन के एक अंकिल डा० जेम्स केलर ने कैप्टेन केलर को सिनसिनाटी में होनेवाली डाक्टरों की एक विशाल गोष्ठी की सूचना दी थी। हो सकता है कि उन प्रसिद्ध डाक्टरों में से कोई बच्ची के कानों या आंखों का कोई इलाज बता सके। अब तक हेलेन के मां-बाप यह समझ चुके थे कि वह कभी भी देखने या सुनने के काबिल नहीं हो पाएगी। लेकिन मिसेज़ केलर कोई मौका हाथ से जाने नहीं देना चाहती थीं, इसलिए वे राज़ी हो गयी थीं। डाक्टर इसी नतीजे पर पहुंचे कि हेलेन की आंखें या कान कभी भी ठीक नहीं हो सकते। लेकिन उसके दमकते

चेहरे को देखकर, या उसकी टीचर अथवा मां को उत्साहपूर्वक उससे बातें करते देखकर, उसे 'निराशाजनक' नहीं बता सकते थे।

"इसमें कुछ बात ऐसी ज़रूर है जिसे सभी लोग पसंद करते हैं," एनी ने कहा। "मेरा खयाल है कि वह बात हर चीज़ और हर व्यक्ति में इसकी रुचि लेना है।"

वाकई एक डाक्टर ने तो डा० केलर से यहां तक कह दिया, "अगर यह नन्ही लड़की हमेशा मेरे पास ही रहे, तो मैं दुनिया की बड़ी से बड़ी चीज़ दे डालने के लिए तैयार हूं।"

एनी ने अनुभवी और प्रसिद्ध डाक्टरों को अपनी बात समझाने की कोशिश की। वे यह नहीं समझ पा रहे थे कि उसने हेलेन को खुशी, भलाई और प्रेम जैसे भावों के बारे में कैसे समझाया होगा।

"यह अजीब-सा लगता है कि लोग इतनी साधारण-सी बात को लेकर हैरान हों। भावों के नाम सिखाना भी इतना ही आसान है, जितना चीज़ों के नाम। मेरे आने के कुछ ही दिन बाद की बात है कि हेलेन से उसकी एक बहुत ही प्यारी गुड़िया टूट गयी। वह रोई और मैंने कहा, 'टीचर उदास है।' इसके बाद और कुछ ऐसे ही अनुभवों के बाद उसने इस शब्द और इसके भाव की संगति बिठा ली। जब उसने कोई ठीक काम किया, या मेरा कहना माना, तो मैंने कहा, 'टीचर खुश है,' और उसे अपने चेहरे पर आयी मुस्कान का अनुभव कराया। 'प्रेम' शब्द को उसने, अन्य बच्चों की तरह ही, अपने को मिलनेवाले प्रेम का अनुभव करने से सीखा।"

एनी वाशिंगटन में, प्रसिद्ध डा० एलेक्ज़ैंडर ग्राहम बेल से मिलने के खयाल से रुकने से डर रही थी। लेकिन उनके साथ आधा घण्टा भी न हुआ था कि एनी को एक अभूतपूर्व अनुभव होने लगा। बरसों बाद एनी ने लिखा कि डा० बेल के पास कुछ ऐसा जादू था कि उनके सम्पर्क में आने पर आदमी खुद को ही अच्छा लगने लगता था।

एक बार फिर हेलेन उसी आदमी के घुटनों पर बैठी थी जिसने उस 'शून्य' से बचने में उसकी मदद की थी जिसमें दो साल पहले

तक वह कैद थी। और एक बार फिर बच्ची को वही अनुभूति हुई कि यह आदमी उसे समझता है और उसका ध्यान रखता है। उससे मिले खिलौने के कारण हेलेन उसे जीवन-भर याद नहीं करती रही, बल्कि उस आदमी में कुछ बात ही ऐसी थी। और जब उन्होंने विदा ली तो एनी को इस बात का अहसास था कि वह एक ऐसे मित्र से विदा ले रही है जिसकी समानुभूति और सहायता उसे सदैव प्राप्य रहेगी।

सफर बड़ा मज़ेदार था। सिनसिनाटी और वाशिंगटन में उनका ठहराव दिलचस्प रहा था, लेकिन बोस्टन और परकिंस पहुंचकर एनी को ऐसा लगा जैसे वह अपने घर ही लौट आई हो। और हेलेन को तो जैसे नया जीवन ही मिल गया हो। यहां वे मिसेज़ होपकिंस थीं। जिन्होंने क्रिसमस पर उसे अंगूठी भेजी थी। यहां एनी की चहेती टीचर मिस मैरी मूर थीं। यहां दयालु स्वभाव के वे मिस्टर एनैग्नोज़ भी थे जिन्होंने उसे वे सब किताबें और कहानियां भेजी थीं जिन्हें वह अपने-आप पढ़ सकती थी। इन सबसे मिलकर वह बहुत खुश थी। लेकिन सबसे बढ़कर खुशी की बात यह थी कि वे सब 'छोटी अन्धी लड़कियां' यहां मौजूद थीं, जिन्हें वह साल-भर से पत्र लिखती आई थी। वे सब उसके चारों ओर जमा हो गई थीं, और उसे चूम रही थीं, और उससे बातें कर रही थीं—हां, उन सबको उंगलियों से बातचीत करना आता था। यह सब कुछ उसे पता तो पहले भी था, लेकिन उसे इसपर यकीन नहीं आता था। और यह सब-कुछ उसे बड़ा दिलचस्प लग रहा था। इससे पहले तो वह मां और टीचर के अलावा और किसीसे बात ही नहीं कर सकती थी।

वे पुस्तक-कक्ष में गईं। हेलेन जल्दी ही समझ गई कि यहां सैकड़ों किताबें हैं जो या तो उभरे हुए अक्षरों में हैं, या ब्रेल में। खुश होकर उसने अपनी बांहें अपनी मां और एनी के गले में डाल दीं। इसके बाद वह कमरे में घूम-घूमकर किताबें उलटती-पलटती और अपने परिचित शब्दों को खोजती रही।

जब ये लोग परकिंस पहुंचे तो मिस्टर एनैग्नोज़ पढ़ाई पूरी कर

चुकनेवाली छात्राओं की उपाधियां प्रदान करने की आधी तैयारियां कर चुके थे। नन्हीं हेलेन केलर की कहानी में अनेक लोग अपनी दिलचस्पी दिखा चुके थे। बच्ची है कैसी? क्या वाकई रिपोर्ट में उसके जो करतब बताए गए हैं वे सच हैं? इस समय वही हेलेन केलर परकिंस में मौजूद थी। अगर इन सवालों का जवाब वह अपने मुंह से दे तो कैसा रहेगा?

मिसेज़ केलर से पूछने पर उन्होंने कहा कि अगर एनी को आपत्ति न हो तो वे राजी हैं। एनी ने सहमति दे दी। इस तरह डिग्री लेने के दो साल बाद एनी एक बार फिर ट्रेमोंट बिल्डिंग में आ पहुंची। इस बार उसकी बगल में उसकी शिष्या बैठी थी, जो अभी से प्रसिद्ध हो चुकी थी। हेलेन बायें हाथ से उभरे हुए अक्षरों को महसूस कर रही थी और दायें हाथ की उंगलियों से उन्हें पढ़ती जा रही थी। एनी वहां जमा लोगों को हेलेन की उंगलियों की वर्णमाला का अर्थ समझाती जा रही थी। यह सब इतनी तेज़ी से हो रहा था कि ऐसा लग रहा था जैसे एनी ही किताब में से धीमी रफ्तार से पढ़कर सुना रही हो। सब लोग इस प्रदर्शन से खुश हो गए।

गरमियों की छुट्टियों में परकिंस को बन्द होने से पहले एनी हेलेन को लोरा ब्रिजमैन से मिलाने ले गई। परकिंस के बारे में एनी जो कहानियां सुनाती थी उनमें हेलेन को लोरा ब्रिजमैन—जोकि बहुत-कुछ उसीकी तरह थी—की कहानी सबसे अधिक पसन्द थी। दोनों की आंखें नीली और बाल भूरे थे। दोनों छुटपन में बीमार पड़ी थीं, और बीमारी के कारण दोनों ही अन्धी और बहरी हो गई थीं। टीचर के आगमन के समय हेलेन साढ़े छः वर्ष की थी, और जब डा० हो को लोरा मिली थी तब उसकी उम्र भी लगभग यही थी। टीचर लोरा को जानती थी। उंगलियों से बात करना टीचर को लोरा ने ही सिखाया था। टीचर हेलेन के लिए 'नन्ही अंधी लड़कियों' की ओर से जो गुड़िया उपहार में ले गई थी उसे कपड़े लोरा ने ही पहनाए थे। टीचर ने उससे लोरा ब्रिजमैन से मिलाने का वायदा किया था।

जब यह महत्त्वपूर्ण दिन आया तो एनी और हेलेन ने लोरा को अपने कमरे की खिड़की के पास बैठे देखा। वह एनी को फौरन पहचान गई, और प्रसन्न हो उठी। जब एनी ने हेलेन को आगे बढ़ाया तो लोरा ने उसे चूम लिया। लेकिन जब हेलेन ने उस काम को समझने के लिए हाथ बढ़ाया जो लोरा कर रही थी तो लोरा ने उसे खींच लिया, और उंगली से कहा, "मुझे डर है कि शायद तुम्हारे हाथ साफ न हों!" हेलेन ने फर्श पर बैठने की कोशिश की लेकिन लोरा ने उसे ऊपर उठा लिया और कहा, "साफ कपड़े पहनकर फर्श पर नहीं बैठना चाहिए!"

एनी समझ गई थी कि मुलाकात अच्छी नहीं रही। लोरा को हेलेन की ज़िन्दादिली अच्छी नहीं लग रही थी। एनी ने चलने के लिए कहा। लोरा का विदाई-चुम्बन लेने की आतुरता में उसने उसका पैर कुचल दिया, जिससे वह नाखुश हुई। बरसों बाद इस मुलाकात के बारे में हेलेन ने लिखा, "उसने मुझे यह महसूस करने पर मजबूर कर दिया कि मैं एक नन्ही-नादान बच्ची हूं।"

10

परकिंस में हेलेन और एनी दोनों ही सुखी थीं, लेकिन यह साफ ज़ाहिर होता जा रहा था कि हेलेन अभी स्कूली शिक्षा प्राप्त करने की स्थिति में नहीं है। उसके शरीर और मन का विकास इतनी तेज़ी से हो रहा था कि उसे एक कमरे में रखकर पढ़ाना मुश्किल था। यह तदबीर काम ही नहीं कर रही थी।

एक दिन वह मिसेज़ होपकिंस के कमरे में उनके और फैनी मैरेट नामक एक शिक्षिका के साथ बैठी थी। तब हेलेन के बारे में उसने कहा, "वह अब भी उस बच्चे की तरह है जो किसी ऐसी अनजान जगह पहुंच गया हो जहां की हर चीज़ नई है।" उसने हेलेन के जिज्ञासु चेहरे की तरफ देखा। बच्ची अपनी मेज़ पर बैठी ब्रेल-बोर्ड का अध्ययन कर रही थी। "सबसे पहले तो उसके लिए काफी

शब्दों को सीख लेना ज़रूरी है, और किसी बहरे बच्चे के लिए यह एक अजीब-सा और बहुत मुश्किल काम होता है।"

"एक बात से मुझे काफी परेशानी होती है," एनी ने बात आगे बढ़ाई। "मैं हेलेन से बात करते समय इसका ध्यान रखती हूं कि उसके सामने मैं अपने विचारों को पूर्ण रूप में ही प्रकट करूं। लेकिन वह ऐसा नहीं करती। अगर मेरे हाथ में कुछ होता है तो वह सिर्फ 'क्या?' कहकर रह जाती है। अगर मैं कहूं कि मैं सीढ़ियों से ऊपर जा रही हूं तो वह पूछेगी 'कहां तक?' या मैं कहूं कि मैं घूमने जा रही हूं तो वह पूछेगी 'साथ?' "

"ठीक है," मिसेज़ होपकिंस ने सहमति प्रकट करते हुए कहा, "लेकिन मैं तो नहीं समझती कि इसमें परेशानी की कोई बात है। शायद इसकी वजह यह हो कि उसका दिमाग सवालों में इस कदर भरा रहता है कि वह सभी शब्दों का प्रयोग नहीं कर पाती। लेकिन वह करने लगेगी! तुम देखती तो रहो!"

अब हेलेन कुरसी से उठकर खड़ी हो गई थी। ब्रेल-बोर्ड को उसने संभालकर एक ओर रख दिया था, और अपना हाथ फैलाकर चुपचापखड़ी हो गई थी। एनी ने गौर किया था कि कहां, कितनी दूर, क्या हो रहा है इसका अनुमान हेलेन उतनी अच्छी तरह नहीं लगा सकती थी जितनी अच्छी तरह कुछ दूसरे अन्धे लोग लगा लेते हैं।

"क्या तुमने जो लिखा है वह हमें दिखाओगी?" मिस मैरेट ने अपनी उंगलियों से उसके हाथ में लिखा। बच्ची ने यह पत्र केंटकी में रहनेवाले मोरिसन हेडी नामक एक लेखक को लिखा था। जवानी में ही उसकी आंखें और कान बेकार हो गए थे, और परकिंस की रिपोर्ट की वजह से वह हेलेन में बहुत दिलचस्पी लेने लगा था। पत्र इस तरह था:

"प्रिय अंकिल मोरी—मुझे उम्मीद है कि अपनी नन्ही फ्रेंड हेलेन का यह खत पाकर तुम्हें बहुत खुशी होगी। तुम्हें पत्र लिखने से मुझे खुशी हासिल होती है, क्योंकि मैं तुम्हारे बारे में सोचती हूँ, और तुम्हें प्रेम करती हूं। एक किताब में मैंने चार्ल्स और उसकी नाव तथा आर्थर और उसके सपने के बारे में मज़ेदार कहानियां

पढ़ी हैं।

"मैं एक बड़ी नाव में बैठी भी हूं। वह नाव जहाज़ की तरह थी। मां, टीचर, मिसेज़ होपकिंस और मि० एनैग्नज़ पुरानी चीज़ें देखने प्लाइमथ गए थे। मैं तुम्हें प्लाइमथ के बारे में बताती हूं।

"बहुत बरस पहले इंग्लैण्ड में बहुत-से अच्छे लोग रहते थे, लेकिन राजा और उसके दोस्त इन नेक लोगों से अच्छा सुलूक नहीं करते थे...

"इसलिए उन्होंने कहा कि हम लोग किसी अनजान प्रदेश में चले जाएंगे, और वहीं रहेंगे। अपने अच्छे दोस्तों को, और बुरे राजा को, हम यहीं छोड़ जाएंगे। लिहाज़ा उन्होंने अपनी सारी चीज़ें बड़े-बड़े बक्सों में भर लीं और अलविदा कह दी...रोज़ लोग बाहर निकलकर ज़मीन की खोज करते थे। एक दिन जहाज़ पर भीड़ लग गई, क्योंकि लोगों को ज़मीन दिखाई दे गई थी, और वे नये प्रदेश में सही-सलामत पहुंचने के कारण बहुत खुश थे। जब वे एक बड़ी चट्टान पर उतरे तो सब लोग बहुत खुश थे। मैंने प्लाइमथ में वह चट्टान देखी थी। मैंने वहां मेफ्लावर की तरह का एक छोटा जहाज़ और ऐसी बहुत-सी चीज़ें देखीं जो मेफ्लावर में लाई गई थीं। क्या तुम कभी प्लाइमथ आकर बहुत-सी पुरानी चीज़ें देखना चाहोगे?

अमित प्यार और अनेक चुम्बनों सहित,

तुम्हारी नन्ही फ्रेंड

हेलेन ए० केलर

पत्र समाप्त होने पर तीनों महिलाओं ने एक-दूसरे की तरफ देखा, और फिर उनकी नज़रें बच्ची के नन्हे चेहरे पर गड़ गईं। हेलेन ने फिर पूछा, "क्या आपको अच्छा लगा?" और एनी ने उसे सीने से चिपटा लिया। वह खुश थी कि उसे मुंह से नहीं बोलना पड़ेगा। उंगलियों से उसने बताया, "तुमने अब तक जितने पत्र लिखे हैं उनमें यह सबसे अच्छा है। अंकिल मूरी इसे पाकर खुश हो जाएंगे। तुम्हें यह सब याद कैसे रहा?"

"मैं सोचती हूं," हेलेन ने अपना माथा छूकर बताया।

"यह वाकई सोचती है," फैनी मैरेट ने कहा। "तुम इसे इतना

सजीव इतिहास पढ़ाती कैसे हो?"

एनी ने सोचा, इतिहास मैंने पढ़ाया हो तो बताऊं। प्लाइमथ जाते समय उसने बच्ची को उन लोगों की संक्षिप्त कहानी ज़रूर बताई थी जो वहां पहले-पहल पहुंचे थे। अब तीन महीने के बाद यह बच्ची उस सबको चिट्ठी में लिख रही है, और अपने छोटे-छोटे विचारों को भी उसमें गूंथ रही है।

मि० एनैग्नोज़ हर्ष-विह्वल स्वर में कह उठे, "स्कूल का कोई भी बच्चा बीस महीने से कम समय में यह सब नहीं सीख सकता था।"

दिन बीतने के साथ एनी की यह धारणा दृढ़ होती जा रही थी कि, कम से कम कुछ दिनों के लिए, हेलेन को अकेले में पढ़ाना ज़्यादा अच्छा रहेगा।

पतझड़ के अन्तिम दिनों में वे अलाबामा वापस चले गए, और सर्दियों-भर तथा वसन्त के आरम्भिक दिनों में अपना काम आगे बढ़ाती रहीं। अब हेलेन के पढ़ने, लिखने तथा दूसरी तरह के अध्ययन के लिए कुछ घण्टे निश्चित कर दिए गए थे। और वसन्त में वही बात सामने आई जिसका एनी को बहुत दिनों से डर था। उसकी आंखें कमज़ोर हो गईं। बरसों पहले ही डा० ब्रैडफर्ड ने उससे आंखों से ज़्यादा काम लेने को मना किया था। लेकिन वह कर ही क्या सकती थी? एक मिनट में अस्सी शब्द की रफ्तार से चलती हुई हेलेन की उंगलियों को देखना और उनका अर्थ समझना ही अपने-आपमें बहुत बड़ा काम था। इसके अलावा बच्ची की पढ़ाई की तैयारी करना, रोज़ ज़्यादा होते जानेवाले पत्रों को पढ़ना और ढेर-सारी किताबों को पढ़ना आदि काम भी आसान नहीं था।

एक ऐसी बच्ची के साये की तरह साथ लगे रहना आसान काम नहीं था जिसे हर बात उंगलियों की सहायता से बतानी पड़ती थी। हेलेन केलर के लिए इस तरह बात करना ज़रा भी मुश्किल न था। उसका कहना था कि वह, वास्तविक पढ़ाई की तरह ही, अलग-अलग अक्षरों की बात सोचती ही नहीं थी। लेकिन दिन में अधिक-तर वह अपने हाथ में शब्द लिखवाती ही रहती थी। और लिखने

का काम करना पड़ता था एनी को। उसके लिए यह काम बहुत मुश्किल पड़ता था।

लोरा ब्रिजमैन को विशेष शिक्षकों ने, कुछ-कुछ महीनों के लिए, पढ़ाया था। लेकिन एनी सुलिवान—पढ़ाने, यात्रा करने और खेलने में—हेलेन की निरंतर संगिनी थी। सन् 1889 में कैप्टेन केलर ने मि० एनैग्नोज़ को पत्र द्वारा सूचित किया कि एनी की आंखें बहुत कष्ट दे रही हैं। डाक्टर का कहना है कि उसे उनकी हिफाज़त रखनी चाहिए और कई महीनों तक आराम करना चाहिए।

मिस्टर एनैग्नोज़ ने कैप्टेन केलर को लिखा कि उन्होंने गरमियों में एनी की जगह पढ़ानेवाली एक और शिक्षिका की व्यवस्था कर ली है। इस शिक्षिका का नाम मिस एवा रैम्सडेल है, और ज़रूरत पड़ने पर यह कुछ अधिक समय तक भी ठहर सकती है। जल्दी ही यह टस्कंबिया पहुंच जाएगी। उन्होंने यह भी सूचित किया कि मैं परकिंस से एक साल के लिए यूरोप जा रहा हूं।

हेलेन को एनी का जाना एक दु:स्वप्न सा लगा। लेकिन विदाई के दिन उसने बहुत ज़ब्त से काम लिया, और अपने आंसू पी गई, "क्योंकि मैं टीचर को दुखी नहीं करना चाहती थी।"

इस प्रकार एनी बोस्टन वापस चली गयी। केलर-परिवार में वह दो वर्षों से थी, लेकिन पहली बार वह हेलेन से दो-चार से ज़्यादा दिनों के लिए अलग हो रही थी। आगामी अनेक वर्षों में भी हेलेन से ज़्यादा दिन दूर रहने का मौका उसके जीवन में नहीं आया। खुशी की बात है कि डा० ब्रैडफोर्ड ने फिर एक चमत्कार दिखाया, और चार महीने बाद एनी टस्कंबिया लौट आयी।

और यूरोप में रहते हुए भी मि० एनैग्नोज़ हेलेन या एनी के बारे में भूले नहीं। वह हेलेन को प्यार-भरे पत्र लिखते रहे। उन्होंने कैप्टेन केलर को पत्र लिखकर हेलेन और उसकी टीचर को स्कूल खुलने पर परकिंस आने की आज्ञा देने का अनुरोध किया।

कैप्टेन के 'हां' कर देने पर एनी खुश हो गई। परकिंस में उन दोनों के लिए बहुत-कुछ था। हेलेन ने भी इस खुशी में उसका साथ

दिया। वह हर एक से मिली, और सबको बताया, "परकिंस—परकिंस—"

उसे देखकर केट केलर ने उसांस भरकर मुंह फेर लिया। हां, अंधी बच्ची के लिए शायद परकिंस ही उचित स्थान था। लेकिन परकिंस और बोस्टन टस्कंबिया से इतने ज़्यादा दूर थे!

अब पहली बार हेलेन को अपनी उम्र की दूसरी लड़कियों के साथ पढ़ने और स्कूल के अन्य अनुभवों का सहभागी बनने का अवसर मिला, हालांकि शिक्षिका जो-कुछ बोलती थी उसे उंगलियों से समझाने के लिए एनी अब भी उसकी बगल में बैठती थी। क्लास के बाहर भी वह हेलेन के सभी सवालों के जवाब देती थी। उसकी कोशिश यह रहती थी कि जितनी बातें दूसरी लड़कियां कानों से सुनती हैं, उतनी बातें उसके हाथ में लिखकर उसे समझा दी जाएं।

"क्या आप मुझे फ्रेंच सिखाएंगी?" एक दिन डिनर की टेबिल पर बैठे-बैठे हेलेन ने फैनी मैरेट से पूछा। मिस मैरेट को उस दिन बहुत ज़्यादा पढ़ाना पड़ा था, लेकिन जब उन्होंने बच्ची के जिज्ञासु चेहरे की ओर देखा तो मना करने को उनका मन न हुआ।

फैनी मैरेट ने उसे फ्रेंच पढ़ानी शुरू कर दी। पहले उन्होंने छोटे-छोटे विचार अंग्रेज़ी में व्यक्त किए, रोज़मर्रा की बातचीत के शब्द अंग्रेज़ी में बताए और तब उनके फ्रेंच रूप बताए। हेलेन दो-तीन बार उन्हें उंगलियों से लिखती—पहले धीरे-धीरे, फिर तेज़ी से—और तब नये विचार की मांग करती। रोज़ वह पिछले दिनों याद किए शब्दों को याद करती थी और उनकी मदद से अपने निजी विचारों को प्रकट करने का प्रयत्न करती थी।

मिस मैरेट ने ब्रेल में एक लघु कथा लिख दी। हेलेन बड़ी खुश हुई और उसने दूसरी कहानियों की मांग की। वह इन कहानियों को आसानी से पढ़ लेती थी और उन्हें पढ़ने योग्य इंगलिश में रूपांतरित भी कर देती थी। एन दिन वह बोली, "मैं प्रिय मि० एनैग्नोज़ को हैरान करना चाहती हूं। मैं उन्हें अपने मन से एक पत्र फ्रेंच भाषा में लिखूंगी!"

मि० एनैग्नोज़ को वह पत्र एथेंस में अपने होटल में मिला।

"कोई भी व्यक्ति मेरे आश्चर्य और सुख का चित्र नहीं उतार सकता!" बाद में चलकर मि० एनैग्नोज़ ने लिखा। "मैं उसकी क्षमता से अच्छी तरह परिचित था, लेकिन यह मेरे लिए भी अविश्वसनीय था कि अमरीका में कोई भी व्यक्ति एक साल से कम में नहीं कर सकता उसीको यह लड़की तीन महीने में कर दिखाएगी! लेकिन उसने साबित कर दिया था!"

लेकिन खुद हेलेन को कुछ नहीं पता था कि वह क्या चमत्कार कर रही है। शब्दों का उसके लिए वही अर्थ था जो दूसरे बच्चों के लिए रंग या संगीत का था। शब्दों से उसे प्रेम था। लोरा ब्रिजमैन ने, यह सोचकर कि उसे हज़ारों शब्द याद करने होंगे, एक बार दुखी होकर कहा था, "जब मैं इतने सारे शब्दों के बारे में सोचती हूं तो मेरा सिर फटने लगता है!" लेकिन नौ वर्षीय हेलेन केलर के लिए हर शब्द आगामी संसार के लिए एक नया द्वार था।

11

अठारह सौ नब्बे वाला वर्ष हेलेन और एनी दोनों के लिए घटनापूर्ण और महत्त्वपूर्ण रहा। हेलेन जब पहली बार परकिंस आई थी तब भी वह खुश हुई थी, लेकिन तब तक वह इस काबिल नहीं हुई थी कि परकिंस में अपने मतलब की सारी चीज़ों को समझ सके और इस्तेमाल कर सके। अब वह हर चीज़ के बारे में जानना चाहती थी।

"मुझे और बताओ," वह एनी से कहती रहती थी, "मैं सारी चीज़ों की बाबत जानना चाहती हूं!

एक दिन उसने एनी से पूछने के लिए कुछ सवाल लिखे:

"जो चीज़ें मेरी समझ में नहीं आतीं, मैं उनके बारे में पूछना चाहती हूं। यह पृथ्वी, समुद्र और दुनिया-भर की चीज़ें किसने बनाई हैं? सूरज गरम क्यों है? मां के पास आने से पहले मैं कहां थी? यह तो मुझे मालूम है कि पौधे बीजों से उगते हैं, लेकिन मैं समझती

हूं कि आदमी उस तरह नहीं उगते। मैने बच्चे का पौधा आज तक नहीं देखा। नन्ही चिड़ियों का जन्म अंडों से होता है। यह मैंने खुद देखा है। लेकिन अंडा अंडा बनने से पहले क्या होता है? यह पृथ्वी गिरती क्यों नहीं? जब आपके पास खूब समय हो तो कृपा करके अपनी शिष्या को ढेर सारी बातें बताइए।"

स्कूल की सभी कार्रवाइयों में हेलेन बढ़कर हिस्सा लेती थी। खेल उसे बेहद पसंद थे—खास तौर पर संगीत। "द्रुत संगीत सुनकर मेरा दिल उछलने लगता है!" उसका कहना था। एनी देखती थी कि बहुत ज़्यादा खुश होने पर हेलेन के चेहरे पर एक परिवर्तन आता है—एक आश्चर्य और उदासी का भाव उसके चेहरे पर छा जाता था। ऐसे में अक्सर वह अपने होंठों और गले को छुआ करती थी। उसे देखती हुई एनी दुखी हो जाती थी। अंत में हेलेन वह सवाल कर ही बैठी जिसका उसे डर था: "अंधी लड़कियां यह कैसे समझ पाती हैं कि अपने मुंह से उन्हें क्या कहना है?"

"क्योंकि वे सुन सकती हैं," एनी ने प्यार-भरे स्वर में धीरे से कहा।

"क्या बहरे बच्चे बोलना सीख सकते हैं?"

एनी को लगा कि उसका उत्तर नकारात्मक नहीं होना चाहिए। "हां, कभी-कभी सीख भी लेते हैं। कुछ स्कूल ऐसे हैं जहां बहरे बच्चों को बोलना सिखाया जाता है। लेकिन, देखो न, वे अपने शिक्षकों के होंठ तो चलते हुए देख सकते हैं। इससे वे यह समझ सकते हैं कि वे क्या कह रहे हैं, और इसी तरह धीरे-धीरे वे बोलना सीख लेते हैं···"

"लेकिन मैं तुम्हारे होंठों को छू कर तो समझ सकती हूं।" मैं सीख सकती हूं—ओह, टीचर, मुझे सिखा दो न। मैं अब बोल सकती हूं! मैं कह सकती हूं"—उसने उंगली से लिखना बंद किया और इन शब्दों का उच्चारण किया, "मम्मन! पप-पप! बेबी! सिस्टर! टीचर—!"

निश्चय ही उसने एनी के होंठों के चलने को समझकर इन शब्दों को सीखा था, और उसका उच्चारण काफी साफ था। एनी को

मालूम था कि लोरा ब्रिजमैन ने भी बोलने की लालसा व्यक्त की थी, और कई शब्द सीख भी लिए थे। लेकिन उसे ऐसा लगा कि हेलेन भी बातचीत करने में कामयाब नहीं हो सकती।

और तभी एक अजीब बात हुई। दरवाज़ा खुला। मिसेज़ होपकिंस एक अतिथि के साथ अंदर दाखिल हुईं। आगंतुक का नाम मिसेज़ लैमसन था। वे लोरा ब्रिजमैन की शिक्षिका रह चुकी थीं, और अभी-अभी स्वीडन और नार्वे से लौटी थीं। मिसेज़ लैमसन ने हेलेन को अपने विचित्र अनुभव सुनाने शुरू कर दिए। अचानक वह रुकीं, बच्ची के नन्हे जिज्ञासु चेहरे की ओर देखकर उन्होंने उंगली से उसके हाथ में लिखा, "लेकिन हेलेन! नार्वे में मैंने जो सबसे अद्भुत चीज़ देखी वह एक लड़की थी—बिल्कुल तुम्हारी-जैसी एक लड़की, समझीं? फर्क सिर्फ इतना था कि वह अपनी उंगलियों से लिखना नहीं जानती थी। उंगली की वर्णमाला का तनिक भी ज्ञान उसे था ही नहीं। उसकी शिक्षिका ने बोलनेवालों के होंठ और गला छूकर उनकी बोली समझना सिखाया था। और इसी तरीके से उसने बोलना सीख लिया! मैं खुद उससे मिलकर और उससे बात करके आई हूं! उसका नाम रैनहाइल्ड काटा है।"

हेलेन अविचलित भाव से उनकी बात सुन रही थी। उसकी सब इच्छाएं, आशाएं और आशंकाएं उसके मुख पर प्रकट हो गई थीं। मैरी लैमसन की आंखें भर आईं। उन्होंने एनी का हाथ पकड़ लिया। इसके बाद वे एनी को हेलेन के पास अकेला छोड़कर बाहर चली गईं। एनी का स्पर्श पाकर हेलेन ने उंगली से लिखा: "मैं बहुत खुश हूं, क्योंकि अब मैं समझ गयी हूं कि मैं बोलना भी सीख सकती हूं!"

एनी समझ गयी कि इस मामले में उसे किसी ऐसी शिक्षिका से मशवरा करना पड़ेगा जो इस काम को विशेष प्रशिक्षण प्राप्त कर चुकी हो। ऐसी एकमात्र शिक्षिका मिस सारा फुलर ही हो सकती थीं, जो बोस्टन में बहरों के होरेस मान स्कूल की प्रिंसिपल थीं। जब हेलेन पहली बार परकिंस आई थी तो वहां भी गयी थी। लेकिन चूंकि यह मान लिया गया था कि अंधी होने के कारण

वह होंठों को चलाना समझ नहीं पाएगी, इसलिए उसे बोलना सिखाने की कोशिश ही नहीं की गयी।

लेकिन अब बात ही कुछ और थी। हेलेन की आशावादिता देखकर मिस फुलर खुश हो गईं। वे खुशी से उसे सिखाने को तैयार हो गईं।

उन्होंने हेलेन को अपने सामने खड़ा कर लिया। अब उन्होंने बच्ची को अपने होंठों, और बोलते समय चलनेवाले सिर के दूसरे हिस्सों, की स्थिति समझने का मौका दिया। अब उन्होंने 'इट' शब्द के 'आइ' अक्षर की ध्वनि का बार-बार उच्चारण किया। अचानक हेलेन ने अपनी उंगलियां अपने चेहरे पर फिराईं और मिस फुलर से बहुत-कुछ मिलती-जुलती 'आइ' अक्षर की ध्वनि निकाली।

इसके बाद उससे 'टी' की ध्वनि निकालने को कहा गया। वह इसमें भी सफल रही।

"अच्छा अब कुछ शब्द बोलने की कोशिश करो," मिस फुलर ने उंगली से लिखकर बताया। "इट—मिस—किस—सी—मी—"

और महान आश्चर्य की बात तो यह कि हेलेन ने सभी शब्द उच्चरित कर दिखाए। एनी को वे शब्द—जो हेलेन अपनी चिर-निद्रित वाणी से ज़बरदस्ती कहला रही थी—जितना आनन्द दे रहे थे, उतना पहले कभी अनुभव नहीं हुआ था।

सफलता के इतिहास में इससे बढ़कर सुख की घड़ी शायद ही आई हो। साढ़े नौ वर्ष की वह बच्ची अपनी वाणी को उसके बंधनों से मुक्त कर रही थी। उस दिन उसने जो कुछ किया उससे सिर्फ उसके होंठ ही स्वतन्त्र नहीं हुए, बल्कि इससे, उन सब अन्धे-बहरों के होंठों को आज़ादी मिल गई जो अंधेरे और खामोशी में ज़िन्दगी बिताने पर मजबूर थे। अब उनके सामने, बहरे और अन्धे रहते हुए भी गूंगे बनकर, या दुनिया से अलग-अलग, रहने की मजबूरी नहीं थी।

जब हेलेन अपना पहला पूर्ण विचार, 'आज गरमी है,' बोलने में कामयाब हो गई तो खुशी के मारे वह रो पड़ी। कुछ देर बाद

वह कह रही थी: "अब—मैं—गूंगी—नहीं हूं!"

छः सप्ताह बाद एनी मि० एनैग्नोज़ को यह सूचना दे सकी, "वह अपने मुंह से बोलने लगी है!" उसकी बोली अभी टूटी-फूटी और अजीब-सी थी, लेकिन उसकी शिक्षिकाएं और सहेलियां उसे बखूबी समझ लेती थीं। छः सप्ताह में उसने वह कुछ कर दिखाया था जिसे बहरों के स्कूल में पढ़नेवाले बच्चे एक साल में सीख पाते हैं।

परकिंस में उसकी सहेलियां इससे बहुत खुश थीं। लेकिन टस्कंबिया भेजे जानेवाले पत्रों में इस बात का ज़िक्र किया गया था। हेलेन और एनी केलर-परिवार को एकसाथ चौंका देना चाहती थीं।

परकिंस से घर लौटने की बात सुनकर हेलेन खुश हुई। वह अपने घरवालों को यह बताने के लिए उतावली थी कि अब मैं बोलने लगी हूं। उसे लगा कि गाड़ी बहुत धीमी चल रही है।

'हम कहां हैं?' ट्रेन जब भी रुकती तब वह पूछ उठती। "ट्रेन यहां कितनी देर रुकेगी?"

अन्त में ट्रेन टस्कंबिया पहुंच गई। खिड़की में से देखकर एनी ने हेलेन को बताया कि मां, पिताजी और माइल्डरेड हमें लेने आए हैं। टीचर का हाथ पकड़े वह ट्रेन के डिब्बे की सीढ़ियों से नीचे उतरी, और मां की बांहों में जा छिपी। लेकिन तभी वह उससे छूटकर पीछे हटी, सीधी खड़ी होकर उसने धीरे-धीरे, संभल-संभलकर और साफ-साफ आवाज़ में बोलना शुरू लिया:

"मां—अब—मैं—गूंगी—नहीं—हूं—! माइल—डरेड—मैं—तुझे—प्यार—करती—हूं। पिता—जी—!"

12

गरमियों में, या शायद पतझड़ के शुरू के दिनों में, मि० एनैग्नौज़ ने एनी और हेलेन को फिर से परकिंस में आ जाने को कहा। हेलेन

वहां आने, और मि० एनैग्नोज़ से मिलने की सोचकर खुश हुई।

"टीचर का कहना है कि मैं इतनी लम्बी हो गई हूं कि आप मुझे पहचानेंगे भी नहीं!" उसने गर्वपूर्ण स्वर में अपने मुंह से यह बात कही। और जब उन्होंने उसे वह घड़ी दी जो वह बाहर से उसके लिए उपहार के रूप में लाए थे, तो हेलेन इतनी विह्वल हो उठी कि उसे धन्यवाद देना मुश्किल हो गया।

उसे बोलता देखकर मि० एनैग्नोज़ खुश हुए, लेकिन उसकी जो सूरत निकल आई थी उससे वह खुश नहीं हुए। उन्हें उसके लम्बे हो जाने की आशा तो थी। लेकिन उन्हें यह आशा नहीं थी कि ढाई साल पहले की वह तगड़ी बच्ची सफेद चेहरे वाली इस उत्साहहीन लड़की में बदल जाएगी!

क्या इसे नींद ठीक से आती रही है? इसकी खूराक ठीक रही है? नहीं? मि० एनैग्नोज़ उदास हो गए। सुबह आठ बजे से शाम के पांच बजे तक वह पढ़ने में लगी रहती थी। इसके बाद वह बोलने और होंठों के चलने को सीखने का मुश्किल काम करती थी।

बच्ची को इसकी कीमत अदा करनी पड़ी थी। अब इस कार्य-क्रम में कुछ फेर-बदल करना ज़रूरी था, और मि० एनैग्नोज़ ने जो कार्यक्रम उसके लिए तैयार किया उसमें आराम और खेल की भी व्यवस्था की गई। वह समझते थे कि हेलेन लिखने और अपनी प्रिय पुस्तकें पढ़े बिना खुश नहीं रह सकती, लिहाज़ा इसकी इजाज़त दे दी गई, लेकिन इसके अलावा हर काम की मनाही कर दी गई।

यह कार्यक्रम सफल रहा। हेलेन फिर से पहले की तरह हृष्ट-पुष्ट हो गई। और हेलेन की तन्दुरुस्ती बचाते समय मि० एनैग्नोज़ दुनिया की एक ऐसी खिदमत कर रहे थे जिसका उन्हें उस समय खुद अहसास नहीं था। उनकी दो महदाकांक्षाएं थीं: मि० हो की यादगार में एक रीडिंग रूम बनवाना और अपनी पत्नी—जूलिया हो एनैग्नोज़—की याद में बहुत छोटी उम्र के अंधे बच्चों के लिए एक स्कूल बनवाना। मरते समय पत्नी ने उनसे कहा था, "नन्हे अन्धे बच्चों का ख्याल रखना।" उनकी ये दोनों मुरादें पूरी हुईं।

अन्धे बच्चों के लिए उन्होंने जो स्कूल शुरू किया वह देश में अपनी किस्म का पहला स्कूल था, और परकिंस में उन्होंने जिस रीडिंग रूम की स्थापना की थी वह अब देश का अन्धे बच्चों के लिए सर्व श्रेष्ठ रीडिंग रूम माना जाता है। लेकिन हेलेन केलर के स्वास्थ्य को नष्ट होने से बचाकर उन्होंने एक तीसरा बड़ा काम किया, क्योंकि दुनिया-भर में अन्धों के लिए हेलेन केलर ने जो आश्चर्य-जनक काम किया है, वह उसके अलावा और कोई नहीं कर सकता था।

मि० एनैग्नोज़ ने इस बात का खास ख्याल रखा कि उसके अध्ययन और खेल—दोनों में ही विविधता हो। भला उनके अलावा अपनी उस अंधी-बहरी शिष्या को संगीत सिखाने की सोच ही कौन सकता था? चाहे यह बात अजीब-सी लगे, लेकिन बहरे लोगों को संगीत खूब पसन्द आता है।

लेकिन इस वर्ष हेलेन के लिए जो बात सबसे अधिक महत्त्वपूर्ण सिद्ध हुई वह थी टामी स्ट्रिंजर नामक एक साढ़े चार वर्षीय लड़के से उसकी मुलाकात। एक आदमी ने, जो हेलेन और एनी से एक साल पहले मिल चुका था, एनी को इस बालक के बारे में लिखा था। एक बीमारी में यह लड़का बहरा और अन्धा हो गया था। इसकी मां मर गई थी और बाप—अक्षमता अथवा अनिच्छा के कारण—उसकी चिन्ता नहीं करता था। कोई और आदमी भी इसे नहीं अपनाना चाहता था, लिहाज़ा उसके लिए ले-देकर एक ही जगह रह गई थी—पूअर हाउस। एनी को इस बच्चे पर बड़ा तरस आया, और उसने उदास मन से यह बात हेलेन को बताई।

हेलेन को टीचर के आने से पहले के अपने दिनों की खूब याद थी। यह छोटा-सा लड़का बहुत-कुछ उसीकी तरह था। लेकिन उसका एक घर था, प्यार करने और देख-रेख करनेवाला एक परिवार था, एक अजीबो-गरीब टीचर थी और दयालु मित्र थे। बेबी टाम के पास यह कुछ भी नहीं था। उसने कहा :

"हम उसे यहां ले आएं—फौरन!"

यह कहना आसान था, करना कठिन। शायद पहली बार एनी

ने हेलेन को पैसे की सचाई समझाई—उसने बताया कि लोगों की ज़रूरतों को पूरा करना इतना आसान या मुमकिन नहीं होता। अब तक हेलेन धन के महत्त्व को नहीं समझती थी। यह बात उसके गले के नीचे नहीं उतर रही थी कि सिर्फ पैसे की कमी की वजह से टामी को अपनी सारी ज़िन्दगी उस अकेली और उदास दुनिया में गुज़ारनी पड़ेगी जिसमें टीचर के टस्कंबिया आने से पहले वह खुद कैद थी।

"लेकिन एडिथ टामस और विली एलिज़ाबेथ रोबिन—ये दोनों तो इस स्कूल में हैं," उसने एनी से कहा, "और वे दोनों मेरी ही तरह अन्धे और बहरे हैं।"

"हां, लेकिन एडिथ और विली के परिवार उनपर खर्च करते हैं," एनी के स्वर में उससे कहीं ज़्यादा उदासी थी जितनी हेलेन समझ सकती थी। "यह एक स्कूल है हेलेन! समझीं? एक खास तरह का स्कूल। यह अन्धे बच्चों का घर तो नहीं है। और खास तरह के स्कूल में धन खर्च होता है। किताबों और दूसरी खास चीज़ों को खरीदने के लिए बहुत सारे धन की ज़रूरत होती है। और तुम जैसे बच्चों को खास तरह के शिक्षकों की भी ज़रूरत होती है। तुम्हें मालूम है मिस मार्कहैम एडिथ की खास टीचर हैं, और इसी तरह मिस थेयर विली की टीचर हैं। तुम्हारे पिता मुझे वेतन देते हैं। लेकिन गरीब टामी के परिवार में ऐसा कोई नहीं है जो उसके लिए खर्च कर सके।"

"ऐसा है तो हग धन इकट्ठा करेंगे," हेलेन ने एनी से कहा। अगले कुछ महीनों में उसने अनेक लोगों को टामी के बारे में लिखा। उसने अपनी चीज़ें खरीदने में कमी कर दी क्योंकि टामी को परकिंस आना ही होगा। इन दोनों से बढ़कर समर्थ सहायक उस बच्चे को और कहां मिल सकते थे? एनी सुलि-वान समझती थी कि ऐसे बच्चे का—जिसे कोई न चाहे, और पूअर हाउस के अलावा जिसके लिए कोई और जगह न हो—दर्द क्या होता है। हेलेन केलर समझती थी कि 'अ-संसार' में रहने की व्यथा कैसी होती है।

जब परकिंस के लोगों को सारी बात का पता चला तो वे टामी स्टिंट्रजर को दाखिल करने के लिए राज़ी हो गए। इससे हेलेन और एनी खुश हुईं। लेकिन उसके लिए खास टीचर नियुक्त कराने के लिए धन की ज़रूरत अभी भी बनी थी।

टामी के लिए अभी कोशिशें चल ही रही थीं कि हेलेन पर एक सदमा आ पड़ा। पिछले वर्ष गरमियों में हेलेन और एनी के एक बहुत ही दयालु मित्र मि० विलियम वेड ने हेलेन को एक कुतिया उपहार में दी थी। मि० वेड का कहना था कि अन्धे बच्चों के पास, देख-भाल और संग-साथ के लिए, कद्दावर कुत्ते होने चाहिए। हेलेन कुत्तों की शौकीन पहले से ही थी, उसे यह कुतिया बहुत पसन्द आई। 'लायनेस' नाम की यह कुतिया इतनी कद्दावर थी कि अनजान लोग उसे देखते ही डर जाते थे। जब हेलेन अलाबामा से परकिंस आई तो कुतिया को वहीं छोड़ आई। एक दिन लायनेस मर गई।

हेलेन पर इस तरह का यह पहला सदमा पड़ा था। इससे पहले वह अपने पत्रों में मि० वेड को लायनेस की तन्दुरुस्ती और करतबों के बारे में लिखती रहती थी। अब उसने मि० वेड के बच्चों को एक सादा, शोकपूर्ण पत्र लिखकर इस समाचार से सूचित किया।

मि० वेड ने वह पत्र एक अखबार को भेज दिया। हेलेन केलर इंगलिश-भाषी संसार की इतनी प्रिय हो गई थी कि सब कोई उस-पर अपना अधिकार समझने लगे थे। हर एक इस बच्ची की तक-लीफ को बांट लेना चाहता था।

अखबार के पाठकों की ओर से हेलेन को एक नया कुत्ता उप-हार में देने के प्रस्ताव आने लगे। ये प्रस्ताव कनाडा, इंग्लैण्ड, अम-रीका—सभी देशों से आए। हेलेन खुश हो गई। भला कौन बच्चा खुश न हो जाता? लेकिन तभी उसे एक खयाल आया। टामी के लिए धन! उसे नये कुत्ते की ज़रूरत नहीं थी, लेकिन टामी को परकिंस लाना और उसके लिए एक खास शिक्षिका का इन्तज़ाम करना आवश्यक था।

जिन दयालु लोगों ने कुत्ते के उपहार का प्रस्ताव भेजा था, उन सबको धन्यवाद देते हुए उसने उन्हें पत्र लिखे: "लायनेस जैसे

प्यारे कुत्तों को मैं बहुत चाहती हूं, लेकिन नन्हे लड़के-लड़कियों से मुझे उनसे भी कहीं अधिक प्रेम है।" इसके बाद उसके पत्रों में नन्हे टामी का हवाला रहता था। प्रकाश और मधुर ध्वनियां उसके लिए अस्तित्व ही नहीं रखती थीं। उसे रास्ता दिखानेवाली मां नहीं थी, बाप के पास उसकी पढ़ाई पर खर्च करने के लिए धन नहीं था। 'क्या उसके लिए एक नया कुत्ता खरीद देने के बजाय वे उस धन से टामी की मदद करने के लिए तैयार हैं?'

और इस तरह साढ़े दस वर्ष की उम्र में हेलेन केलर ने वह काम शुरू किया जिसे भविष्य में उसके जीवन का लक्ष्य बनना था—अंधों की सहायता करना। जल्दी ही नन्हे टामी स्टिंट्रजर को बहुत छोटे अंधे बच्चों के परकिंस स्कूल में ले आया गया। अभी उसके लिए खास शिक्षिका की व्यवस्था नहीं हो पाई थी, इसलिए उसकी देख-रेख का काम एनी और हेलेन ने संभाला।

हेलेन खुश थी। वह खुशी और उमंग से नाच उठी। लेकिन ऐनी का मन आशंका से घिर गया था। उसने सोचा कि इससे अधिक निराशाजनक नन्हे बच्चे के बारे में उसने शायद ही कभी सोचा हो।

जब एनी ने उसके साथ काम शुरू किया तो उसे ऐसा लगा कि कहीं ऐसा तो नहीं है कि बच्चे को मदद बहुत देर से मिली हो। हेलेन भी, उसे परकिंस में ले आने की खुशी के बावजूद, आशंकित हो उठी थी। "मुझे यह उम्मीद नहीं थी कि यह इतना छोटा और असहाय होगा," उसने कहा, और फिर आगे बोली, "लेकिन असहाय होने के कारण ही मैं उसे इतना चाहती हूं!"

जिन लोगों ने टामी के लिए उसे धन दिया था, उन्हें हेलेन ने पत्र लिखे। उसने बोस्टन के समाचारपत्रों को भी, उनकी सहायता के लिए धन्यवाद देते हुए, पत्र लिखे।

टामी को परकिंस लाना बहुत अच्छा रहा। प्रम, अपने विषय के विशेषज्ञों, और समय के प्रभाव से उसके और दुनिया के बीच की सारी दीवारें टूट गईं। हेलेन को गर्व था कि उसने इस बच्चे का उद्धार किया था।

"यह सोचकर सुख ही मिलता है कि मेरी प्यारी कुतिया लायनेस की मृत्यु ने नन्हे टामी की दुनिया में इतनी खुशियां भर दीं।" हेलेन का कहना था। "बोस्टन के लोग वाकई दयानिधान हैं।"

13

टामी स्ट्रिंजर ठीक चल रहा था, और एक दोस्तमिज़ाज और खुशदिल बच्चा बनता जा रहा था। अब हर कोई हेलेन के बोलने की तारीफ करने लगा था। वर्ष के अंत में जब वह घर गई तो वह तंदुरुस्त और खुश थी।

लेकिन टस्कंबिया पहुंचने पर उसे लगा कि कहीं कुछ गड़बड़ है। केट केलर उदास थीं, और कैप्टेन निराश और दुखी थे। कुछ दिनों बाद उन्होंने एनी को बताया कि अब उनके पास धन नहीं है। अब बोस्टन के चक्कर नहीं लग सकेंगे, ब्रेल की किताबें नहीं खरीदी जा सकेंगी, परकिंस जाना मुमकिन नहीं होगा। एनी ने यह सुनकर क्या सोचा और क्या कहा, यह हमें नहीं मालूम। हमें तो यही मालूम है कि इसके बाद भी वह केलर-परिवार में रही, और हेलेन को आगे बढ़ाती रही।

केलर-परिवार फिर से पहाड़ पर चला गया और जब पतझड़ के रंगों ने पहाड़ियों को खूबसूरत बना दिया, तब वे वहीं थे। रंगों में हेलेन शुरू से ही रुचि लेती आई थी। जहां भी वे जाते थे, हेलेन आंखों-देखा हाल सुनने पर ज़ोर देती थी। उसने घोषित किया कि टस्कंबिया पहुंचकर मैं एक कहानी लिखूंगी।

कहानी उसने बड़ी आसानी और तेज़ी से लिख ली कहानी में उसने सम्राट कुहरे (फ्रास्ट) के बारे में बताया था जो अपने बर्फ के विचित्र महल में रहते हैं। सरदियों से पहले वे गरमियों में खिलनेवाले वृक्षों को सुंदर रंगों से आच्छादित कर देते हैं। कहानी लिखकर उसने बड़े गर्व से अपने घर के लोगों को दिखाई। पिता सुनकर खुश हो गए। मां ने सोचते हुए पूछा, "क्या तुमने ऐसी कोई

कहानी किसी किताब में पढ़ी थी ?" हेलेन को इस सवाल से अचरज हुआ। उसने जवाब दिया, "अरे नहीं ! वह कहानी मैंने खुद लिखी है। मैं इसे मि० एनैग्नोज़ के लिए उपहार के रूप में भेजूंगी !"

उसने यह कहानी मि० एनैग्नोज़ के पास भेज दी। वह कहानी पढ़कर बड़े खुश हुए और परकिंस की वार्षिक रिपोर्ट में उसे शामिल करने का फैसला किया।

और इसके बाद सारी बात ही बिगड़ गई। एक सवेरे एनी को यह बुरी खबर बच्ची को सुनानी ही पड़ी।

"हेलेन, मि० एनैग्नोज़ को किसीने पत्र लिखा है कि तुम्हारी कहानी 'सम्राट कुहरा' तुम्हारी लिखी हुई नहीं है, बल्कि कई बरस पहले वह एक किताब में प्रकाशित हो चुकी है। दिमाग पर ज़ोर देकर सोचो। मैंने तो यह कहानी तुम्हें सुनाई नहीं। क्या किसी और ने सुनाई है ?"

"नहीं, नहीं।" हेलेन बोली, "मुझे निश्चय है कि मैंने यह कहानी पहले कभी नहीं सुनी। इसे मैंने खुद लिखा है। ओह, कोई यह क्यों सोचे कि यह कहानी मैंने नहीं लिखी ? और अब लोग सोचेंगे कि मैं सच नहीं बोलती !"

एनी ने उसे समझाना चाहा, लेकिन हेलेन के दिल पर इसका असर बहुत अधिक हुआ था। कष्टदायक सचाई यह थी कि हेलेन ने जो कहानी लिखी थी वह मार्गरेट टी० कैम्बी की एक कहानी से हू-ब-हू मिलती थी जो हेलेन के पैदा होने से सात वर्ष पहले प्रकाशित हुई थी।

लेकिन हेलेन ने यह कहानी कैसे या कहां सुनी ? एनी या मिसेज़ केलर ने खुद यह कहानी नहीं सुनी थी। उभरे हुए या ब्रेल अक्षरों में भी यह कहानी उपलब्ध नहीं थी। तब यह हुआ कैसे ? लेकिन हुआ तो यह था ही। और हेलेन की इस सफाई से, कि उसने यह कहानी पढ़ी नहीं थी, बात बनती नहीं थी। "मेरा दिल दर्द से भर आया है," उसने लिखा, "क्योंकि मैं सफाई को तहे दिल से चाहती हूं...मि० एनैग्नोज़ बेहद परेशान हैं, और मैं यह सोचकर दुखी हूं कि उनकी परेशानी का सबब मैं हूं।"

आखिरकार मिसेज़ होपकिंस को याद आया कि उनकी बेटी फ्लोरेंस के पास एक किताब ऐसी थी जिसमें यह कहानी दी गई थी। सन् 1888 की गरमियों में, जब एनी अपनी आंखों का इलाज कराने चली गई थी, तब मिसेज़ होपकिंस ने अपनी बेटी की किताबों में से कुछ कहानियां पढ़कर हेलेन को सुनायी थीं। और इसके कुछ ही दिन बाद उसने अपनी बेटी की सब किताबें दान में दे डाली थीं।

इसका मतलब हुआ कि हेलेन ने आठ वर्ष की उम्र में यह कहानी सुनी थी। यह उसके दिमाग के किसी कोने में जा पड़ी थी, और वहीं बनी रही थी। जब एनी ने पर्वतों पर छाए पतझड़ के रंगों का ज़िक्र किया तो यह कहानी फिर से जीवित हो उठी थी।

अगर यह बात समझ में आ जाए कि हेलेन की स्मरण-शक्ति कितनी विलक्षण थी, तो कहाना वाला मसला भी समझ में आ सकता है। कम-से-कम मि० एनैग्नोज़ इस बात को समझते थे। उन्होंने अपनी रिपोर्ट में उसकी स्मरण-शक्ति पर लिखा भी था। उन्होंने अपना यह मत व्यक्त किया कि हेलेन यह बात ज़रूर भूल गई थी कि उसने यह कहानी किसीसे सुनी है, वर्ना वह 'सत्य को प्रेम करनेवाली' लड़की है।

लेकिन परकिंस के लोगों के भाव बिल्कुल बदल गए थे, और हेलेन को इसका अहसास था। यहां तक कि जब वह मि० एनैग्नोज़ के आफिस में उनसे मिलने गई तो उन का पहले वाला दोस्ताना अंदाज़ बदला हुआ था। वह अपने और उनके बीच बढ़ती हुई दीवार का अहसास कर रही थी। मि० एनैग्नोज़ अब भी वही थे, लेकिन उसका पुराना दोस्त जा चुका था।

इस कहानी की दो बातों को लेकर हेलेन केलर सारी ज़िंदगी दुखी रही। पहली यह कि कुछ लोगों ने साफ-साफ कहा था कि एनी ने सच नहीं बोला; दूसरी बात थी माइकेल एनैग्नोज़ जैसे व्यक्ति की मैत्री से हाथ धोना। "उन्होंने हमें अपने दिल से निकाल फेंका था!" उसने लिखा है।

14

सन 1894 का पतझड़—अब हेलेन और एनी न्यूयार्क के राइट—ह्यू मनसन स्कूल फार द डेफ में थीं। जिन उदार लोगों ने यह स्कूल खुलवाया था वे अपना नाम गुप्त ही रखना चाहते थे। लेकिन हेलेन का विश्वास था कि इसमें डा० बेल का हाथ है।

"स्कूल बड़ा सुंदर है," हेलेन ने अपनी एक सहेली को लिखा, "और डा० ह्यू मैनसन के संगीत वाले पाठों में तो मुझे जो आनंद आता है उसका बखान मैं नहीं कर सकती।"

डा० ह्यू मैनसन उसे अपने स्वर को नियंत्रित करना और आवाज़ को ऊंचा तथा साफ बनाना सिखा रहे थे। होंठों का अध्ययन करना सबसे कठिन था। छुट-पुट शब्द समझने में तो उसे पहले भी कोई कठिनाई न होती थी, लेकिन पूर्ण विचारों को प्रकट करना आसान नहीं था। लेकिन छ: महीने बाद डा० ह्यूमैनसन से रिपोर्ट दी कि वह अपने शिक्षकों और सहपाठियों की बातचीत समझ लेती है, और उसकी अपनी बातचीत में भी स्पष्टता आती जा रही है।

राइट ह्यू मैनसन स्कूल में हेलेन और एनी के दो बरस बड़े मज़े में बीते। और तब हेलेन ने फैसला किया कि वह कालिज जायगी! बरसों पहले, जब वह छोटी-सी बच्ची थी, तब उसने कहा था कि एक दिन वह कालिज ज़रूर जाएगी। शुरू में तो किसीको, यहां तक कि एनी को भी इसकी संभावना नहीं दिखाई दी। हेलेन कभी सामान्य कक्षाओं में नहीं पढ़ी थी। इसके लिए बहुत तैयारी की ज़रूरत थी। क्या वह—या एनी ही—इतना काम कर सकेगी? और फिर धन भी तो नहीं था।

लेकिन हेलेन केलर के पास एक चीज़ की कभी कमी नहीं रही; आवश्यकता के समय सहायता करनेवाले मित्र। शुरू में एलेक्ज़ैंडर ग्राहम बेल उसके मित्र रहे, इसके अनन्तर माइकेल एनैग्नोज़ और दूसरे लोग। अब मिसेज़ हटन नामक एक महिला, जिससे वह न्यूयार्क में मिली थी, उसकी मदद को आईं। उन्होंने इतना धन इकट्ठा कर दिया जिससे वह कालिज तक की पढ़ाई कर सके और वह तथा एनी आराम से रह सकें।

एक और स्कूल में जाने की सोचकर एनी का तो दिल ही बैठ गया। अध्ययन के व्यवस्थित क्रम से उसे हमेशा से चिढ़ थी। और अब इस सचाई से भी आंखें नहीं चुरायी जा सकती थीं कि उसकी आंखें कमज़ोर होती जा रही थीं।

उसने लिखा है कि "कभी-कभी तो मुझ ऐसा लगता था जैसे मैं एक और स्कूल में जाना बरदाश्त नहीं कर सकूंगी। ऐसे मौकों पर मैं सोचती थी अब अपना यह स्थान किसी और को दे देना कहीं बेहतर होगा।

लेकिन और कोई नज़र नहीं आया, और उसने कई स्कूलों पर सोचना शुरू किया। किसी ने उसे कैम्ब्रिज स्कूल फार यंग लेडीज़ का नाम सुझाया। वह स्कूल के हेड आर्थर गिलमैन से मिलने गई, जिन्होंने इस सारे कार्यक्रम को संदेह की दृष्टि से देखा। किसी बहरे-अंधे व्यक्ति के लिए कालिज जाना? हो ही कैसे सकता है! लेकिन अगर मिस सुलिवान चाहें तो वे हेलेन से मिलने और बात करने के लिए तैयार थे। मिलने के बाद उन्होंने हेलेन को 'यह अद्‌भुत लड़की' कहकर संबोधित किया। और सन् 1896 के पतझड़ में हेलेन कैम्ब्रिज स्कूल में दाखिल हो गई।

और अब ज़िंदगी में पहली बार एनी और हेलेन को हेलेन की हम-उम्र देखने-सुननेवाली लड़कियों के बीच रहकर काम करने का मौका मिला था। हेलेन खुश थी, क्योंकि इसका मतलब ही यह था कि वह 'दूसरे लोगों की तरह' बन रही थी। लेकिन दो महीने बाद हेलेन ने लिखा :

"मुझे अपना काम करने में ज़्यादा वक्त लगता है, क्योंकि पहले हर शब्द मेरे हाथ में लिखा जाता है। मैं जिन किताबों को पढ़ती हूं, उनमें से एक भी उभरे हुए अक्षरों में नहीं है, इसकी वजह से मैं उन्हें खुद नहीं पढ़ पाती, जिससे मेरा काम और मुश्किल हो जाता है। लेकिन आंखें कमज़ोर होने की वजह से टीचर का काम मुझसे कहीं अधिक कठिन हो गया है। कभी-कभी वाकई ऐसा लगता है कि हमने जो काम हाथ में ले लिया है, वह हमारे बूते के बाहर है।"

कई मौकों पर ऐसा हुआ कि एनी रात को यह सोचती हुई

सोई कि पता नहीं सवेरे उसे कुछ दिखाई भी दे या नहीं। लेकिन वे चलती रहीं और मुश्किलें कुछ आसान होती दिखाई दीं। फिलाडेल्फिया और इंग्लैंड से ब्रेल की किताबें आ पहुंचीं। जर्मन के शिक्षक दयालु फ्राड गोटे ने उंगलियों की वर्णमाला सीख ली, ताकि वह हेलेन को जर्मन के विशेष पाठ उसमें दे सकें। कुछ और लड़कियों ने भी यह वर्णमाला सीख ली, और बाकी के शिक्षक और सहपाठिनें जल्दी ही हेलेन की अटपटी भाषा समझने लगीं। तब तक मि० गिलमैन खुद भी उंगली की वर्णमाला सीख चुके थे। इसकी मदद से वह हेलेन से बात करने लगे और अंग्रेज़ी पढ़ाने लगे।

क्रिसमस के मौके पर मिसेज़ केलर माइल्डरेड के साथ हेलेन और एनी के पास रहने आईं। उसी साल सितंबर में कैप्टेन केलर का देहावसान हो गया था। मि० गिलमैन ने मिसेज़ केलर से दस वर्षीया माइल्डरेड को भी हेलेन के साथ ही स्कूल में दाखिल करा देने के लिए कहा। इससे हेलेन के चेहरे पर जो खुशी प्रकट हुई, उससे वे ज़रूर संतुष्ट हो गए होंगे। अपनी इस छोटी बहन के लिए हेलेन के दिल में असीम प्रेम था और उससे अलग रहते हुए वह उसे बहुत याद करती थी। एनी को भी इस बच्ची से बहुत प्रेम था। आगामी महीनों में वे सब बहुत खुश रहे।

जून आया, और उसके साथ ही इम्तहान। हारवर्ड–रैड्क्लिफ की प्रवेश-परीक्षा दो भागों में विभक्त थी। पहला भाग अभी पास करना था। और यहां एनी कुछ नहीं कर सकती थी। कालिज-अधिकारियों का कहना था कि एनी की जगह किसी और व्यक्ति को होना चाहिए। अंत में यह तय पाया गया कि मि० गिलमैन परीक्षा के प्रश्नपत्रों को उसके हाथ में लिखेंगे। ज़ाहिर था कि वे यह काम एनी की तरह तेज़ी से नहीं कर सकते थे।

चूंकि उसे लिखने के लिए एक खास मशीन का इस्तेमाल करना था, इसलिए हेलेन को एक अलग कमरे में बिठाया गया। दो दिन पहले ही वह सत्रह वर्ष पूरे कर चुकी थी। अपनी मशीन पर, मि० गिलमैन की बगल में, बैठी वह प्रश्नपत्र का इंतज़ार कर रही थी। सुबह के नौ बजे मि० गिलमैन ने जर्मन भाषा के प्रश्नपत्र को उसके

हाथ में लिखना शुरू कर दिया। उन्होंने पहले पूरा प्रश्नपत्र उसके हाथ में लिखा, और फिर उसे दुहरा दिया। यह जांचने के लिए कि वह ठीक-ठीक समझ रही है, हेलेन प्रश्नों को ज़ोर-ज़ोर से दुहराती जाती थी।

अपना बायां हाथ वह बार-बार खोल और बंद कर रही थी, मानो वह विचारों को पकड़ने की कोशिश कर रही हो। बात भी यही थी। इस बात के फैसले का वक्त आ पहुंचा था कि एनी सुलिवान का तरीका सही है, या नहीं? इस बात के फैसले का वक्त आ पहुंचा था कि एक बहरी-अंधी लड़की को कालिज में दाखिल होने का हक है या नहीं?

जर्मन उसका सबसे प्रिय विषय था, लेकिन यह परीक्षा बहुत कड़ी थी, और उसे इसका अहसास था। लेकिन ढाई घंटे में वह अपना काम खत्म कर चुकी। एक दिन के आराम के बाद एक और परीक्षा देनी थी। यह आसान नहीं थी। लेकिन यह जर्मन की तरह कठिन भी नहीं थी। सवेरे ही उन्हें शुभ समाचार मिला। एक शिक्षक ने आकर बताया कि वह जर्मन में पास हो गई है। अन्य परीक्षाएं सहल थीं और वह हरएक विषय में पास हो गई। इंग्लिश और जर्मन में उसे बहुत अच्छे नंबर मिले थे।

15

जब हेलेन स्कूल वापस लौटी तो बहुत खुश थी। परीक्षाएं समाप्त हो गयी थीं और उसको सफलता मिली थी। गरमियों में आराम करने से उसकी टीचर की आंखें अच्छी हो गई थीं।

लेकिन नये साल में शुरू से ही हेलेन की प्रगति स्कूल में अच्छी नहीं रही। लंदन से आई ब्रेल की कुछ किताबें देर से पहुंची थीं, और गणित सीखने और लिखने के लिए उसे कुछ नये तरीके सीखने पड़े थे।

इस वजह से अगर हेलेन के नंबर पहले साल के मुकाबले कुछ

कम आए थे, तो इसमें ताज्जुब की कोई खास बात नहीं थी। लेकिन जब मि० गिलमैन ने एनी से कहा कि हेलेन बहुत अधिक मेहनत कर रही है, तो उसे बड़ा ताज्जुब हुआ। मिस्टर गिलमैन का इरादा हेलेन को अभी तीन वर्ष तक कैंब्रिज स्कूल में ही रखने का था। एनी अपनी बाकी की ज़िंदगी स्कूलों में नहीं गुज़ारना चाहती थी। वह अपने कमरे में लौटकर हेलेन को इतिहास पढ़ाने लगी। कुछ दिन बाद हेलेन की तबीयत कुछ गिरी हुई थी, और गणित पढ़ते-पढ़ते वह झुंझला उठी थी। उस दिन शुक्रवार था, इसलिए एनी ने उससे दो दिन तक बिस्तर में पड़े रहकर आराम करने को कह दिया। जब मि० गिलमैन को यह पता चला तो उन्होंने उसे अपने आफिस में बुलाया, और कहा :

"मिस सुलिवान, मैं दावे के साथ कह सकता हूं कि हेलेन बहुत ज़्यादा मेहनत कर रही है। इस तरह काम नहीं चल सकता। गणित में उसे बहुत ज़्यादा मेहनत पड़ती है। अब उसे यह विषय नहीं दिया जाएगा।" जब एनी ने जवाब में कुछ कहना चाहा, तो वे बोले, "और कुछ भी कहना बेकार है, मिस सुलिवान!"

अब चारों ओर का माहौल कुछ अजीब-सा हो उठा था। एनी और हेलेन दोनों ने ही इसे महसूस किया, और वे उदास हो गईं। दो हफ्तों बाद मि० गिलमैन ने एनी को फिर बुलाया। उसके आने पर उन्होंने बड़ी बेदिली से कहा, "तशरीफ रखिए मिस सुलिवान! मेरे पास आपके लिए कोई खुशखबरी कतई नहीं है। लेकिन जो कुछ भी है, वह आपको बताना तो होगा ही। मैंने मिसेज़ केलर को लिख दिया है, और ऐसा मैंने सोच-समझकर ही किया है। दरअसल मैंने उन्हें यह बताना अपना कर्तव्य समझा कि आपने हेलेन को काम की मशीन बना दिया है, और उनकी बच्ची की तंदुरुस्ती बेहद गिर गई है।"

एनी ने गरम होकर जवाब दिया :

"मिस्टर गिलमैन—मिस्टर गिलमैन, इस तरह झूठ बोलने की आपकी हिम्मत कैसे पड़ी? मैं हेलेन और माइल्डरेड को आपके स्कूल से आज ही निकालकर उनकी मां के पास ले जाऊंगी, और

असलियत उनके सामने ज़ाहिर कर दूंगी—” वह उछलकर खड़ी हो गई। लेकिन मिस्टर गिलमैन ने उससे रुकने को कहा और अपनी मेज़ से कागज़ का एक पुरज़ा उठाकर उसकी ओर बढ़ा दिया।

“मेरा खयाल है, आप ऐसा नहीं करेंगी। मैं दावे से कहता हूं आप ऐसा नहीं कर सकेंगी। इसे पढ़ने के बाद आप खुद समझ जाएंगी कि मैं ऐसा क्यों कहता हूं।”

वे मर्मभेदी शब्द एनी की आंखों के सामने उछल-कूद मचाने लगे। यह एक खत था जिसपर केट केलर के दस्तख़त थे। उन्होंने अपनी बेटी हेलेन के संरक्षण का पूरा अधिकार आर्थर गिलमैन को दे दिया था।

“और अब, मिस सुलिवान, आप मेरी बात मानकर इस स्कूल से फौरन चली जाइए।” मि० गिलमैन की आवाज़ बड़ी मुलायम थी। “अपनी चीज़ें आप फिर मंगवा लीजिए, लेकिन आपको अभी चले जाना होगा।”

एनी को उसका हुक्म मानना पड़ा। उसका मस्तिष्क विचार-शून्य था। वह अपने को निर्जीव और रुग्ण अनुभव कर रही थी। इसी हालत में वह सड़कों पर भटकने लगी। भटकते हुए वह चार्ल्स नदी तक आ पहुंची। उसके कदम उसे नदी-तट की ओर ले चले। बाद में चलकर एनी सुलिवान ने मंज़ूर किया है कि उस दिन उसके और नदी के बीच में जैसे अचानक कोई अदृश्य व्यक्ति आकर खड़ा हो गया था। ऐसा लगा जैसे किसी हाथ ने उसे रोक लिया हो, और किसी आवाज़ ने उसे हुक्म दिया हो, “नहीं, अभी नहीं। अपना काम करो।”

अंधी-सी होकर वह अपने मित्र मिस्टर और मिसेज़ रिचार्ड डरबी फुलर के घर पहुंची। उनकी मदद से उसने मिसेज़ केलर, डा० बेल, मिसेज़ हटन और जोसेफ चैम्बरलेन—जोकि बोस्टन के एक समाचारपत्र से सम्बद्ध थे—को पत्र लिखे। अगले दिन सवेरे ही वह स्कूल पहुंची और उसने केलर-भगिनियों से मिलने की मांग की।

"मैं उनसे मिले बिना नहीं जाऊंगी! मुझ निकालने के लिए आपको बल-प्रयोग करना होगा!" उसकी आंखों में कुछ ऐसी चमक थी और आवाज़ में कुछ ऐसी दृढ़ता थी कि मि० गिलमैन को, जोकि उसे दूध में से मक्खी की तरह निकाल फेंकना चाहते थे, उसे दोनों लड़कियों के पास ले जाना पड़ा।

एनी ने देखा, माइल्डरेड रो रही है। हेलेन सफेद पड़ गई है, और उसने न कुछ खाया-पिया है, और न सोयी ही है। एनी ने जाने से साफ इनकार कर दिया। जब तीसरे पहर मि० चैम्बरलेन वहां पहुंचे तो वे तीनों इसी हाल में थीं। उन्होंने मि० गिलमैन से लड़कियों को अपने घर ले जाने की इजाज़त मांगी। इधर मिसेज़ केलर एनी का पत्र पाते ही चल दी थीं, उधर डा० बेल की जगह मि० हिट्ज़ वाशिंगटन से रवाना हो चुके थे। जब ये लोग न्यूयार्क पहुंचे तो इन्हें बच्चियों से मिलाने मि० चैम्बरलेन के घर लाया गया।

मिसेज़ केलर अपनी भूल पर रोने लगीं। उन्होंने अपनी गलती मानी, और पछतावा ज़ाहिर किया। जब उन्हें एनी का तार मिला, "हमें आपकी ज़रूरत है।" तब वह कैम्ब्रिज आने की सोच ही रही थीं।

उन्होंने एनी से कहा, "मैं हमेशा से हेलेन पर आपका भी अपने बराबर हक मानती आयी हूं। तुम्हें तो मालूम ही है कि मैंने उसे तुम्हारी ही निगरानी में छोड़ रखा था, और तुमपर मैं कितना अधिक विश्वास करती हूं!"

हेलेन के बारे में मिसेज़ केलर का विचार था कि उसकी तंदुरुस्ती एकदम ठीक है, और निराशा या वक्त के निशान उन्हें तो नज़र नहीं आते!"

उन्होंने मि० गिलमैन को साफ-साफ बता दिया कि हेलेन और एनी को जुदा करने का उनका कभी कोई इरादा नहीं था। बड़ी बेदिली से उन्होंने कहा, "हेलेन के पहले साल आपने मेरे बच्चों के लिए जो कुछ किया उसके लिए मैं आपकी कृतज्ञ हूं। लेकिन मैं एक बात साफ-साफ कह देना चाहती हूं—हेलेन को मिस सुलिवान से अलग

करने की किसी भी कोशिश को मेरी मंज़ूरी नहीं मिल सकती।"

माइल्डरेड को लेकर वह टस्कंबिया चली गईं। चैंबरलेन-दम्पती ने उनसे हेलेन और एनी को अपने घर छोड़ देने की अनुमति मांगी थी। उन्होंने कहा था कि उसके मित्र हेलेन के लिए कालिज की तैयारी करने के शानदार तरीके ढूंढ़ निकालेंगे।

मि० हिट्ज़, केट केलर, चैंबरलेन-दंपती और मिसेज़ हटन ने मि० गिलमैन को पत्र लिखे, और उनसे हेलेन और एनी को जुदा न करने को कहा। मिसेज़ हटन ने हेलेन और एनी को लिखा कि वह हेलेन के एक खास टीचर का भी प्रबंध कर रही हैं।

बोस्टन में मरटन एस० कीथ नामक एक शिक्षक से बात की गई, और वह बोले कि मैं हेलेन को रेडक्लिफ में दाखिल कराने में ज़रूर मदद करूंगा। एनी और हेलेन चैंबरलेन-दम्पती के घर रहीं और मिस्टर कीथ हफ्ते में तीन दिन प्रतिदिन तीन घंटों के लिए हेलेन को पढ़ाने आने लगे। तीन घंटों के ये पीरियड बहुत लंबे होते थे। मिस्टर कीथ को उंगली की वर्णमाला नहीं आती थी, लिहाज़ा एनी को फिर से मदद करनी पड़ी। जब जून का महीना आया तो हेलेन भी खुश हुई क्योंकि अब सारे दिन बाहर रहना मुमकिन था।

इसके बाद वे बोस्टन में एक ऐसी छोटी सी जगह लेकर रहने लगीं जहां से मि० कीथ का घर पास था। अब वह हफ्ते में पांच दिन आने लगे। तभी सन् 1899 की अंतिम कालिज-परीक्षा का समय आ पहुंचा।

लेकिन रैडक्लिफ के अधिकारियों ने उन्हें बताया कि कोई सर्वथा अपरिचित व्यक्ति ही "मिस केलर को उसकी परीक्षा के प्रश्न-पत्र पढ़कर समझा सकता है।"

तब किसीने परकिंस के एक शिक्षक यूजीन वाइनिंग का नाम सुझाया। ये महाशय हेलेन से कभी नहीं मिले थे। यह उंगली की वर्णमाला भी नहीं जानते थे, लिहाज़ा यह पहले उन प्रश्न-पत्रों को ब्रेल में लिख देते थे। तब हेलेन अपने उत्तर लिखने की मशीन से लिखती थी। यह तरीका ज़रा भी अच्छा नहीं था, लेकिन रैडक्लिफ के कानून ही ऐसे थे कि और कुछ किया ही नहीं जा सकता था।

पहले इम्तहान के दो दिन पहले एक नई परेशानी उठ खड़ी हुई। मि० वाइनिंग सिर्फ अमरीकी ब्रेल जानते थे, जबकि हेलेन को उसका सारा गणित इंगलिश ब्रेल में सिखाया गया था। यह ब्रेल अमरीकी ब्रेल से कोई मेल ही नहीं खाता।

इससे एनी घबरा गई। उसने मि० वाइनिंग को सहायता मांगते हुए एक पत्र लिखा, और हेलेन के पास अगली ही डाक से अमरीकी ब्रेल के चिह्न भेजे। उसी रात हेलेन ने उनका अध्ययन शुरू कर दिया। जब सुबह वह इम्तहान के कमरे में पहुंची तो उसे अपनी सफलता में सन्देह था। इंगलिश और इतिहास में उसे मि० वाइनिंग की ब्रेल समझने में कोई परेशानी नहीं हुई थी। लेकिन गणित एक ऐसा विषय था जो उसे नापसन्द भी था, और उसमें वह कमज़ोर भी थी। और ब्रेल का यह तरीका भी अजीब-सा था। उसे लगता था कि रात तो उसने वे निशान अच्छी तरह समझ लिए थे। अब वह उन्हें समझने के लिए मगज़ मार रही थी और मतलब उसके पल्ले नहीं पड़ रहा था। वह बहुत धीरे-धीरे अपना काम कर पा रही थी। प्राबलमों को समझने के लिए उसे उनको बार-बार पढ़ना पड़ रहा था। उसकी उंगलियां ऐसे चल रही थीं, जैसे उनमें हिलने की ताकत ही न हो। वह जवाबों की तलाश में भटक रही थी, और वे कतराकर निकल जाते थे।

जब इम्तहान खत्म हो गया तो उसने हाथ ढीले छोड़ दिए, और उदास होकर वहीं बैठ गई। वह किस बुरी तरह से नाकामयाब रही थी?

कुछ दिनों बाद एनी ने रैडक्लिफ कालिज से आया लिफाफा खोला। हेलेन को दाखिला मिल गया था!

16

एनी की उंगलियां इस बुरी तरह कांप रही थी कि उसके लिए पत्र पढ़ पाना मुश्किल हो रहा था। वे दोनों खुश हो गईं, और उन्होंने

एक-दूसरे को बांहों में कस लिया। उन दोनों ने साथ-साथ एक मोरचा जीत लिया था। अब वे दोनों केट केलर और उनके तीनों बच्चों के साथ गरमियां हंसी-खुशी बिता सकेंगी।

लेकिन दरअसल मोरचा उन्होंने अभी जीता नहीं था। सचाई यह थी कि रैडक्लिफ कालिज के अधिकारी-गण हेलेन केलर को दाखिल करना नहीं चाहते थे। अपने पत्र में उन्होंने इस बात को स्पष्ट कर दिया था।

"परीक्षा में पास होकर आपने दुनिया के सामने यह तो साबित कर ही दिया है कि आप कालिज की पढ़ाई कर सकती हैं। अब, कालिज में पढ़ने के मुकाबले लेखन-कार्य में लग जाना आपके लिए कहीं अच्छा न होगा?"

एक बार तो हेलेन को यह बात जंच ही गई। उसने एनी से कहा, "मैं भी यही चाहती थी। क्या यह सब बेवकूफी ही थी?"

कारनेल और शिकागो यूनिवर्सिटी ने उन्हें अपने यहां पढ़ने के लिए आमन्त्रित किया। लेकिन हेलेन रैडक्लिफ में ही पढ़ना चाहती थी। बरसों बाद प्रेज़िडेण्ट वुडरो विल्सन ने उससे इसकी वजह पूछी थी। "क्योंकि उस कालिज के लोग मुझे लेना नहीं चाहते थे।" उसका जवाब था। आखिरकार सन् 1900 के उस पतझड़ में रेडक्लिफ को मज़बूर होकर उसके लिए अपने दरवाज़े खोलने ही पड़े।

एक दिन हेलेन क्लास में थी कि किसीने दबे स्वर में एनी से कहा कि एक आदमी मिस केलर से फौरन मिलना चाहता है। चकित, और कुछ सहमी हुई-सी एनी और हेलेन देखने गईं कि कौन आदमी है। वह आदमी उन्हें देखकर खड़ा हो गया और मुस्कराने लगा।

"गुड मार्निंग, मिस सुलिवान! कृपया मिस केलर को बता दीजिए कि मेरा नाम विलियम एलेक्ज़ैण्डर है।"

उसने हेलेन से अपने जीवन की कहानी लिखने को कहा। "अपने कालिज के परचों में आप इस बारे में काफी कुछ लिख ही चुकी हैं। अगर आप राज़ी हों तो मैं आपको तीन हज़ार डालर

दूंगा।" उसने बताया।

तीन हज़ार डालर! तीन हज़ार डालर? तीन—

एनी को अपनी वह कल्पना साकार होती नज़र आई जिसमें उसने हेलेन को अपने जमाने के श्रेष्ठ लेखकों के बीच देखा था। उसने जल्दी से और शीघ्रतापूर्ण स्वर में कहा, "ठीक है, लिख डालो।"

पिछले कई वर्षों से हेलेन छोटे-छोटे खण्ड और लेख लिखती आई थी। इसलिए वह खुशी-खुशी अपनी कहानी लिखने बैठ गई। यह अच्छा खेल रहेगा। शुरू के कुछ भाग उसने बिना कठिनाई के लिख लिए। ये पृष्ठ दिलचस्प भी थे। मिस्टर एलेक्ज़ैंडर खुश थे।

लकिन आगे का काम मुश्किलथा। पहले के लिखे पृष्ठों में नई सामग्री भी जोड़नी थी। ब्रेल में उसने जो नोट्स लिखे थे उन्हें दुहराकर यह निश्चय करना आवश्यक था कि उनमें क्या-क्या चीज़ काम की है। कभी-कभी वह अपनी याददाश्त के बल पर ही लिख पाती थी। इसके अलावा कुछ नये खण्ड भी लिखने ज़रूरी थे, जिन्हें पहले ब्रेल में, और फिर लिखने की मशीन पर लिखना पड़ता था। जो कुछ वह लिखती थी वह लिखे जाने के बाद उसके हाथ में लिखा जाता था, ताकि वह समझ सके। इसके अलावा उसे अपना रोज़-मार्ग का कालिज का काम भी करना पड़ता था।

नतीजा यह हुआ कि वह मिस्टर एलेक्ज़ैण्डर को अपनी किस्तें भेजने में पिछड़ गई। उधर से मांग पर मांग आने लगीं। "हमें अगली किस्त और चाहिए।" "पृष्ठ छः और आठ के बीच का पृष्ठ गायब है। उसे फौरन भेजिए।"

हेलेन और एनी को ऐसा लगा कि सारा खेल खराब हो गया हैं। इसी समय, जबकि हेलेन को चारों ओर अंधेरा नज़र आ रहा था, एक दिन उसकी एक सहेली आई। उस समय हेलेन यही काम कर रही थी।

"मेरा खयाल है कि मैं तुम्हें एक मददगार से मिला सकती हूं," उसने सोचते हुए कहा, "मेरा ख़्याल है कि उसकी मदद तुम्हारे बड़े काम आएगी। वह हारवर्ड में पढ़ाता हैं, और लेखक भी है। उसका नाम है जान मैसी। एक दिन मैं उसे यहां

लाऊंगी।"

तब तक एनी नाउम्मीद हो चुकी थी। उसे किसी की मदद की आशा नहीं थी। लेकिन जान मैसी आया, और आते ही वह हेलेन की दिक्कतों को समझ गया। चुनने और छांटने के काम में उसने गज़ब की प्रतिभा दिखाई। यह सब वह बड़े शान्त भाव से करता था। उसका लिखा वह ज़ोर से पढ़ता और अपनी ओर से सुझाव देता चलता था। तीन घण्टे बाद जब वह विदा लेने के लिए उठा तो उन्होंने एक नई किस्त तैयार कर ली थी। हेलेन और एनी को इस बात पर अचरज था कि यह सब बिना कष्ट के ही हो गया था।

एक दिन मिस्टर मैसी दरवाज़े में सोचते-विचारते-से खड़े थे। "मिस सुलिवान, मेरा खयाल है कि आप मुझे यह उंगली की वर्ण-माला सिखा दीजिए। अगर मैं मिस केलर के साथ खुद मिलकर काम करूं तो उन्हें बहुत सहूलियत हो जाएगी।"

उसने जल्दी ही यह वर्णमाला सीख ली, और इसका प्रयोग करने लगा। मि० एलेक्ज़ैंडर बहुत खुश थे। उन्होंने सामग्री की प्रशंसा की। खत्म होने के बाद कहानी को ब्रेल में लिख दिया गया। अब, पहली बार, हेलेन अपनी कहानी खुद पढ़ सकती थी!

लेकिन अभी काम बाकी था। एक प्रकाशक इसे पुस्तक के रूप में प्रकाशित करना चाहता था। लिहाज़ा गरमियों में हेलेन पूरी कहानी को नये सिरे से लिखती रही। उसे लगा कि कहानी सुन्दर और प्रेरणापूर्ण तो है, लेकिन उसमें पूरी ज़िन्दगी नहीं आ पाई है। लिहाज़ा, जान मैसी से इसमें कुछ नई बातें जोड़ देने के लिए कहा गया। उसने हेलेन के कुछ पत्र चुन लिए, और उसके बोलना तथा लिखना सीखने से संबद्ध कुछ बातें मा छांट लीं। सबसे बढ़कर उसने यह किया कि एनी ने मिसेज़ होपकिंस को जो पत्र लिखे थे, और मिस्टर एनैग्नोज़ को जो रिपोर्टें भेजी थीं, उन्हें भी उसने पुस्तक में स्थान दिया।

सन् 1903 में हेलेन के हाथों में उसकी पुस्तक दे दी गई। अब वह एक लेखक बन चुकी थी!

इस बीच वह रैडक्लिफ की अपनी पढ़ाई भी करती रही थी—

वह अभी तक कालिज में थी। लेकिन कालिज उतनी अच्छी जगह नहीं साबित हुई जितनी उसने सोची थी। उसके पास सारी ज़रूरी पुस्तकें कभी नहीं जुट पाईं, और एनी को घण्टों-घण्टों उसके हाथ में लिखना पड़ता था। उन दोनों को विश्राम का समय ही नहीं मिलता था, हर वक्त लिखना-पढ़ना, और कुछ नहीं। हेलेन के सिर में इतने ज़ोर का दर्द होता था कि उससे पढ़ा नहीं जाता था। लेकिन बहुत दिन बाद तक उसने इस बारे में किसीसे कुछ कहा नहीं।

लेकिन सन् 1904 में हेलेन को उसकी डिग्री मिल गई। जैसा-कि एक लड़की ने कहा भी, "हेलेन के साथ ही मिस सुलिवान को भी डिग्री मिलनी चाहिए थी!"

रैडक्लिफ में उन्होंने जो चार वर्ष बिताए उनमें तीन बातें ऐसी हुईं जिन्होंने हेलेन केलर और एनी सुलिवान—दोनों के जीवन पर स्थायी प्रभाव डाला:

रैडक्लिफ जाने के कारण ही हेलेन केलर यह लेख लिख सकी; चूंकि मि० एलेक्ज़ैंडर ने उनके बारे में सुना था इसीलिए वह 'द स्टोरी ऑफ माइ लाइफ' लिख सकी; चूंकि किताब के सिलसिले में उसे मदद की ज़रूरत पड़ी इसीलिए जान मैसी उनकी ज़िन्दगी में आ सका।

और जान मैसी एनी को प्यार करता था।

17

एनी खुद यकीन नहीं कर पा रही थी कि यह हो क्या रहा है। उसके अपने जीवन में मित्र कभी नहीं रहे थे। जिन लोगों से वह मिलती थी उनमें से ज़्यादातर अक्सर हेलेन में ही रुचि लेते थे। इसके अलावा अगर कोई उसमें दिलचस्पी दिखाता भी, तो उसके पास समय ही कहां था। बरसों पहले एनी ने अपने जीवन की डोर हेलेन से बांध दी थी, और तब से ऐसा ही था।

जान मैसी को उसने शुरू से ही पसंद किया था—शुरू

में इसलिए चूंकि हेलेन को पुस्तक लिखने में उसने सूझ-बूझ और मदद दी थी, और बाद में वह उसे बज़ाते-खुद पसंद आने लगा था। लेकिन जब जान ने उसपर अपना प्यार और शादी करने का इरादा ज़ाहिर किया तो एनी को वाकई बड़ी हैरानी हुई। कोई उसे प्यार करता है, उसे चाहता है, उसे हेलेन से बढ़कर समझता है!—वह जान मैसी को देख रही थी, और उसे अब भी यकीन नहीं आ रहा था।

अगले महीनों में वह शादी के खिलाफ सारी दलीलें जुटाती रही। उम्र में वह जान से बड़ी थी। वह इस सचाई को मानता था, लेकिन उसे इस फर्क की कुछ परवाह न थी। एनी और हेलेन ने रेन्दैम में अपना मकान खरीद लिया था। उस मकान पर हेलेन का अधिकार अवश्य रहना था, और शादी करने से इसपर कोई फर्क नहीं पड़ता था। जान यह बात समझता था। बात कुछ और ही थी—अंधे हो जाने की आशंका से उत्पन्न भय।

जब जान मैसी ने यह सुना तो उसे चूम लिया। "हम दोनों मिलकर उसका सामना करेंगे, एनी!"

यकीनन यह ज़िंदगी नई थी। सबसे पहली बात यह कि रेन्दैम में उनका अपना मकान था। इससे पहले एनी किसी ऐसे घर में नहीं रही थी, जिसे वह अपना कह सके। और नौ वर्ष की होने के बाद हेलेन भी अपने घर (टस्कंबिया में) पर कम ही रही थी।

रेन्दैम में सभी कुछ था। यह बोस्टन से सिर्फ छब्बीस मील दूर स्वच्छ और सुन्दर ग्रामीण प्रदेश में था जो उन दोनों को बहुत प्यारा था। वहां पेड़ों से ढकी छोटी सड़कें थीं, जंगल थे, नावों के लिए झीलें थीं और खेत व बागों के लिए ज़मीन थी।

जान से शादी के बारे में एनी ने अपना विचार कई बार बदला। लेकिन अंततः हेलेन के कालिज की शिक्षा पूरी करने के एक वर्ष बाद वसंत ऋतु में वह राज़ी हो ही गयी। उसकी मरज़ी से मिसेज़ होपकिंस ने उसे वैसे ही सज़ाया जैसे तब सजाया था जब उसने परकिंस स्कूल में अपनी डिग्री ली थी।

और इस तरह सन् 1905 की वसंत ऋतु में एनी सुलिवान

एनी मैसी हो गई। सब लोग खुश थे। मिसेज़ केलर तथा अन्य मित्रों का विचार था कि एनी को जान मैसी जैसे आदमी की ही ज़रूरत थी।

शुरू के कुछ बरसों में मैसी-दम्पती रेन्दैम में बड़े खुश रहे। अब हेलेन को पढ़ाने के कठिन काम से उसे मुक्ति मिल गयी थी, और उसके पति की कोशिश यही रहती थी कि उसे अपनी आंखों से कम से कम काम लेना पड़े। एनी फिर पहले जैसी हो गई। जान मैसी उसका मर्म समझता था और ज़रूरत के मुताबिक उसकी मदद करता था। हेलेन के वह सबसे अच्छे साथियों में से था। जब वे बाहर आते थे तो वह सारी नयी किताबें ले आता था और उन्हें हेलेन के हाथ में लिखता रहता था। अगर संभव होता था तो वह उन्हें ब्रेल में लिखवा लेता था, और वह उससे अन्य लोगों की भांति ही बोलता-चालता रहता था।

सितम्बर में उनकी दुनिया अलग-थलग हो गई। एनी को अचानक एक आपरेशन के लिए ले जाना पड़ा। शायद पहली बार हेलेन को डर की असली अनुभूति हुई। उसे मालूम था कि डाक्टरों को एनी के अच्छा होने की उम्मीद कम है। लेकिन वह भली-चंगी हो गई।

18

डाक्टरों ने एनी से एक साल तक खूब सावधानी बरतने को कहा था। लेकिन एनी के लिए यह नामुमकिन था। उन दोनों के लिए हेलेन के लिखने के अलावा कुछ और धन भी कमाना ज़रूरी था, और एक भाषण-माला के दौरे का निमंत्रण उनके सामने था। अभी चार महीने भी न हुए थे कि वे दोनों अपने दौरे पर चल पड़ीं।

हेलेन ने बाद में चलकर लिखा, "मैं बहुत डरती थी। बार-बार मैं यही कहती थी, मैं क्या करूंगी? मैं क्या करूंगी?"

लेकिन जो लोग उसे सुनने आते थे वे श्रद्धालु होते थे और मन

लगाकर उसकी बात सुनते थे। इससे हेलेन को साहस बंधा और वह एक के बाद एक सार्वजनिक भाषण देने लगी। भाषण देना आसान नहीं था। लेकिन आसानी की बात की जाए तो हेलेन की ज़िंदगी में आसान तो कुछ भी नहीं था।

दो कारणों से वह एक कुशल वक्ता बनना चाहती थी। एक तो उसे यह प्रतीति थी कि वह अपना जीवन अंधे लोगों के लिए अर्पित करेगी। दूसरा कारण धन कमाने की इच्छा थी। उसका अनुभव था कि सिर्फ लिखने से काम नहीं चल सकता। जान मैसी के पास इतने साधन नहीं थे कि उन तीनों का गुज़ारा हो सके। एनी और उसके पति के ऐसे आसार अभी से नज़र आने लगे थे कि यह रिश्ता अधिक दिन चलेगा नहीं।

अपनी वार्ताओं में हेलेन बताती थी कि उसकी शिक्षा किस प्रकार हुई। इसके बाद वह और एनी यह दिखाती थीं कि उंगली की वर्णमाला और होंठों का अध्ययन कैसे किया जाता है। हेलेन अंधों की ज़रूरतों के बारे में बताती थी। एनी हेलेन के विचारों को शब्दों में प्रकट करती थी, और इसके बाद सवाल होते थे।

जब भी मौका मिलता था, वह अंधों या बहरों के स्कूलों में ज़रूर जाती थी। लेकिन धीरे-धीरे वह समझती जा रही थी कि एनी की तबीयत ठीक नहीं है। तभी एक रात को बाथ, मेन, में एनी बिस्तर पर पड़ गई। रात बड़ी बेचैनी से बीती। सुबह वह देर से उठी तो उसने चारपाई के पास हेलेन को खड़े पाया। वह बार-बार पूछ रही थी:

"टीचर—टीचर, बात क्या है? क्या तुम बीमार हो?"

एनी ने हेलेन का हाथ पकड़ लिया और उसपर यह लिखने की कोशिश की कि वह ठीक है, लेकिन वह ऐसा भी कर नहीं पाई। हेलेन समझ गई कि उसकी तबीयत बहुत ज़्यादा खराब है।

"मैं क्या करूं?" हेलेन चिल्ला उठी। "मैं क्या करूं? कोई मुझे बताए कि मैं अपनी टीचर के लिए क्या करूं!" डर की वजह से उसकी आवाज़ नहीं निकल रही थी।

आखिर जब होटल का एक कर्मचारी उनके कमरे में आया,

तो एक डाक्टर को बुलाया गया। कई दिन बाद वे एक ट्रेन में बैठी बोस्टन जा रही थीं।

तब हेलेन समझ गई कि उसे क्या करना है। तीन बरस पहले एंड्रयू कार्नेगी नामक एक बहुत अमीर आदमी ने उसकी बाकी की ज़िंदगी के लिए आर्थिक सहायता देने का प्रस्ताव किया था, और उसने सगर्व इनकार कर दिया था। रेन्दैम पहुंचकर हेलेन ने उसे एक पत्र में अपनी वे समस्याएं बताईं जो वह सुलझा नहीं पा रही थी। उसने बड़े ज़ब्त से काम लेकर ऐसा किया था। कार्नेगी ने फौरन उसके खत का जवाब दिया जिसे पढ़कर उसे तसल्ली मिली :

"कुछ महान आत्माएं ऐसी होती हैं जो इतनी सदाशय होती हैं कि जो काम वे दूसरों के लिए करना चाहती हैं उसमें दूसरों को भी अपने साथ सहयोग देने का अवसर देती हैं।"

मि० कार्नेगी की सहायता के बाद भी भाषण के दौरे जारी रहे। अब मिसेज़ केलर भी उनसे आ मिली थीं, और अपनी पुत्री के साथ सैर का लुत्फ ले रही थीं। लेकिन एनी की तंदुरुस्ती और नज़र कमज़ोर ही होती जा रही थी, और यात्रा में उसे कष्ट होने लगा था। लेकिन वह काम करती रही। लोगों की आंखें हेलेन पर ही टिकी रहती थीं—कम-से-कम उनका सोचना यही था—लेकिन अगर एनी हेलेन की बातों को शब्दों में प्रकट न करती या यह न बताती कि हेलेन को पढ़ना कैसे सिखाया गया, तो इन्हीं लोगों को हेलेन की बातों में मज़ा न आता। एनी की आवाज़ बड़ी असरदार थी और वह एक कुशल वक्ता थी।

सन् 1914 में जान मैसी ने एनी को छोड़ दिया।

"हमें छोड़ने के उसके पास कई कारण थे," हेलेन ने उदास होकर कहा। और शायद यह बात सही भी थी। एनी के शादी कर लेने के बाद हेलेन के अनेक मित्रों ने (एंड्रयू कार्नेगी के अलावा) उन्हें धन देना बन्द कर दिया था। एनी जान मैसी से ग्यारह वर्ष बड़ी थी। यद्यपि उसने उसे साफ-साफ बता दिया था कि उसके लिए सबसे अज़ीज़ हेलेन ही रहेगी, लेकिन शायद तब वह समझ नहीं पाया था कि इसका मतलब क्या है।

वह एनी को छोड़कर चल दिया और उसका उत्साह और हंसी-खुशी अपने साथ ही लेता गया। एनी के लिए यह मौका बड़ा दर्दनाक था, और हेलेन को भी कम दुःख नहीं हुआ।

सन् 1914 उनके लिए आशा की एक ही किरण लेकर आया। उनके परिवार में एक नया सदस्य शामिल हुआ। मिसेज़ केलर को घूमने-फिरने में तो मज़ा आता था, लेकिन अंधों के लिए हेलेन के बढ़ते हुए काम को संभालना उनके बस का नहीं था, और हेलेन की नज़र गिरती ही जा रही थी। हेलेन को अपने काम में किसी सहायक की आवश्यकता थी। उन्हीं दिनों स्काटलैण्ड की रहनेवाली पोली टामसन नामक एक उत्साही नवयुवती अमरीका में नौकरी की तलाश कर रही थी। अंधों के बारे में उसे कुछ भी मालूम नहीं था। असल बात तो यह कि उसने कभी हेलेन केलर तक का नाम नहीं सुना था। लेकिन उसे नौकरी की ज़रूरत थी, और हेलेन ने उसे नौकरी दे दी।

पोली को किताबें पढ़ने में मज़ा नहीं आता था, लेकिन वह वर्कर अच्छी थी। जब हेलेन बहुत व्यस्त होती तो वह मिलनेवालों से आसानी से इनकार कर सकती थी, उसका रोज़ का कार्यक्रम बना सकती थी, और हेलेन के पत्र लिख सकती थी जिनकी तादाद प्रतिदिन बढ़ती ही जा रही थी। वह तन्दुरुस्त और खुशमिज़ाज थी। उसने जल्दी ही हेलेन की उंगली की वर्णमाला सीख ली और एनी तथा हेलेन दोनों को अज़ीज़ हो गई।

चौबीस साल तक उनके दोस्त कहा करते थे कि "एनी के बिना हेलेन क्या कर लेती?" अब उन्हें इस बात पर हैरानी होती थी कि "अगर पोली न होती तो ये दोनों क्या कर लेती?"

जान मैसी के जाने से उनके जीवन का एक दरवाज़ा बन्द हो गया था। उसी वर्ष पोली टामसन के आ जाने से एक दूसरा दरवाज़ा खुल गया।

19

एनी बहुत दिनों से बीमार चल रही थी, लेकिन उसने बताया नहीं था। गरमियों में पोली अपने घरवालों के पास कुछ हफ्तों के लिए स्काटलैण्ड जाना चाहती थी। वह दो साल से घर नहीं गई थी। इन्हीं दिनों हेलेन को भाषणों के दौरे पर जाना था। इसलिए एनी उसके साथ चल दी, यद्यपि उसके पहलू में दर्द था। उसने किसी तरह वह दौरा तो पूरा किया लेकिन रेन्दैम वापस आने पर वह दर्द इतना बढ़ गया कि उसने बिस्तर पकड़ लिया। पोली लौट आई, लेकिन एनी की हालत नहीं सुधरी। डाक्टर का कहना था कि एनी को फौरन अस्पताल में भरती हो जाना चाहिए। हेलेन की मां अलाबामा से उन लोगों की देख-भाल के लिए रेन्दैम चली आई।

एनी की बीमारी के दौरान हेलेन बहुत अकेला महसूस करती थी। टीचर और जान मैसी—ये दो ही व्यक्ति ऐसे थे जिनके कारण उसे यह महसूस करने का मौका मिला था कि वह बाकी दुनिया से कटी हुई नहीं है। जान मैसी चला गया था, अब टीचर···क्या वह कभी ठीक भी हो सकेगी? हेलेन इतनी बेसुध हो गई थी कि उसने पढ़ना, लिखना, यहां तक कि सोचना भी बंद कर दिया। ज़िंदगी में पहली बार उसे लगा कि 'उसका ज़िन्दा रहना महज़ एक बेवकूफी है।'

उधर अस्पताल में एनी की उदासी का कोई ठिकाना न था। उससे 'चुप पड़े रहने और आराम करने को' कह दिया गया था। एनी को चुप रहना नापसन्द था। उसे बीमार पड़ना नापसन्द था। तभी अखबारों में उसकी नज़र प्यूर्टोरिको के अद्भुत विवरण पर पड़ी।

"पोली," एनी बोली, "चलो हम लोग प्यूर्टोरिको चलें। मैं यहां रोगियों के बीच पड़े-पड़े ऊब गई हूं।" हफ्तों बाद वह पहली बार मुस्कराई थी। "प्लीज़, अपनी चीज़ें अभी ठीक-ठाक कर लो!"

इस तरह, डाक्टरों के मना करने के बावजूद, वे चल दीं। सरदियों के मौसम में ग्यारह दिन जहाज़ में रहने के बाद वे एक

ऐसी जगह पहुंचीं जहां फूलों का एक टापू समुद्र से घिरा हुआ था। एनी ने हेलेन को लिखा कि पृथ्वी पर इतनी सुंदर जगह है, और वह खुद उस जगह पर है—इन दोनों ही बातों पर यकीन नहीं होता।

हेलेन को वह सैकड़ों चीज़ों के बारे में बताना चाहती थी। लेकिन अब उसे पता चला कि ब्रेल का उसका ज्ञान लुप्त हो गया है। बीस सालों से उसने ब्रेल का प्रयोग नहीं किया था। यहां तक कि जब हेलेन ने उसे ब्रेल की वर्णमाला भेजी तो भी उसे ऐसा लगा कि ब्रेल में पत्र लिखना इतना कठिन काम है कि वह कर नहीं पाएगी।

लेकिन इस सुंदर स्थान के अद्भुत सौंदर्य और अपनी प्रसन्नता का वर्णन करने की उसकी प्रबल इच्छा थी। इसलिए उसने लम्बे-लम्बे और अधिकाधिक प्रसन्नतासूचक पत्र लिखे।

लगभग हर पत्र में वह हेलेन और उसकी मां को वहां आने की दावत देती थी। वह कहती थी, भविष्य के बारे में सर खपाना बेकार है। प्यूर्टोरिको में उसे इसकी ज़रूरत ही महसूस नहीं हुई। उसे सिर्फ आराम करने और धूप सेंकने से मतलब था।

युद्ध अमरीका पर मंडरा रहा था। हेलेन को डर था कि कहीं टीचर को वापस आते समय युद्धकालीन समुद्रों में सफर न करना पड़े। उसने एनी को जल्दी लौट आने के लिए लिखा। एनी अपने 'प्रसन्न द्वीप' में इतनी खुश और सुखी थी कि वहां से चल देने के नाम से उसे कोफ्त होती थी। लेकिन वह चल दी। अप्रैल में वह पोली के साथ वापस आ गई।

प्रथम विश्वयुद्ध से हेलेन को इतना आघात पहुंचा जैसे उसने खुद उसे भोगा हो। एनी और वह अनेक अस्पतालों में अंधे हो गए सैनिकों और नौसैनिकों को देखने गईं। एक नवयुवक बोला, "मैं स्कूल के दिनों में आपके बारे में पढ़ा करता था, लेकिन मैंने यह कभी नहीं सोचा था कि मैं खुद अंधा हो जाऊंगा।"

हेलेन उन लोगों को बताती थी कि अंधे हो जाने से ही ज़िन्दगी खत्म नहीं हो जाती। वह उन्हें समझाती थी कि अब भी वे बहुत

कुछ कर सकते हैं। वह उनके साथ डांस भी करती थी। लेकिन उनकी तकलीफ को दूर करने के लिए उसके पास उपयुक्त शब्द न थे।

"मैंने अचानक मर्मभेदी अंधेपन का अनुभव नहीं किया था!" उसने कहा, "मेरे साथ ऐसा नहीं हुआ था कि अचानक मेरी ज़िंदगी में घुप अंधेरा छा गया हो!"

सन् 1918 में हेलेन केलर के जीवन पर एक मर्मस्पर्शी चलचित्र बना। इस दफा हेलेन की अजीब-सी आवाज़ से कोई फर्क नहीं पड़ता था—सन् 1918 में जो चलचित्र बनते थे ये सवाक् नहीं मूक होते थे। लेकिन जब यह फिल्म बनकर तैयार हुई तो इसमें हेलेन की ज़िंदगी पूरी तरह पेश नहीं की जा सकी, और जनता ने इसे पसंद नहीं किया।

और चीज़ें थीं, जो कहीं अमूल्य थीं—मिसाल के तौर पर उनके सार्वजनिक भाषण। सन् 1922 तक वे अंधे लोगों के लिए एक नये संघ—द अमेरिकन फाउंडेशन फार द ब्लाइंड—को संगठित करने में लग चुकी थीं।

इन दौरों के बीच हेलेन ने दो और किताबें लिखीं। अब तक एनी की आंखें इतनी कमज़ोर हो गई थीं कि वह बहुत शक्ति वाले शीशों की मदद से ही पढ़ पाती थी। इन शीशों का चश्मा इतना भारी होता था कि इसे वह थोड़ी-थोड़ी देर के लिए ही लगा सकती थी।

प्रौढ़ावस्था तक एनी सुदृढ़ और स्वस्थ महिला रही। बीमारी, कमज़ोरी और अंधेपन के विचार से ही वह घबरा जाती थी। और अब ये सब उसे घेर रहे थे।

बीस अक्टूबर सन् 1936 को एनी ऐसी प्रगाढ़ और अनंत निद्रा में लीन हुई कि हेलेन का प्यार-भरा हाथ भी उसे फिर जगा नहीं सका।

20

"उदासी की कोई ऋतु नहीं है—यह एक ऐसी रात है जो कभी खत्म नहीं होती!" हेलेन ने दस दिन बाद लिखा।

पोली के साथ उसके भाई के साथ मिलने जहाज़ से वह स्काटलैंड गई। अब जुदाई और कमी के अहसास से उभरकर आशा, सेवा और प्रसन्नता की ओर जाने का—यानी दुबारा से ज़िन्दा रहने का—समय आ पहुंचा था। इस दिशा में पहले पड़ाव के रूप में बर्ट इज़ोबेल टामसन का घर (चार बच्चों और अनेक कुत्तों सहित, और सभी लोग उसके प्रति उदार और सदाशय थे) बहुत खूब रहा।

लेकिन टीचर ने मानव-सेवा में अपनी आस्था हेलेन को यूं ही नहीं सौंपी थी। टीचर की मृत्यु से कुछ पहले जापान में अन्धों के लिए काम करनेवाले मि० तकेओ इवाहाशी, जो खुद भी अंधे थे, हेलेन से मिले थे।

"क्या आप जापान आएंगी, मिस केलर," उन्होंने पूछा था, "और निविड़ अंधकार में कैद हमारे भाई-बहनों के लिए सहायता के द्वार खोलेंगी?"

हेलेन ने उन्हें बताया था कि टीचर की बीमारी की वजह से जाना मुमकिन नहीं होगा। लेकिन अब मि० इवाहाशी ने उसे फिर लिखा, और फिर आंमत्रित किया।

जापान और जापानियों ने दिल से उनका स्वागत किया। उन्होंने, नगरों और दूर-दराज़ के गांवों को भी देखा। उन्होंने जापानी ढंग से जापानी खाना खाया और जापानियों की तरह फर्श पर वे सोयीं भी। वह जितने भी विदेशों में गई, उनमें जापान के प्रति उसके मन में सबसे अधिक ममता थी।

अपनी पहली यात्रा के दस वर्ष बाद वह दुबारा जापान गई। जापान और अमरीका में युद्ध हो चुका था। लेकिन उसके दर्शन करने के लिए जापानी जनता टोकियो की सड़कों पर भारी मात्रा में इकट्ठी हो गई।

"यह अंधी और बहरी महिला गौरव से अपना सिर उठाए है।

इससे हम सीख सकते हैं कि काम और हंसी से जीवन कैसे सफल बनाया जा सकता है। इससे हमारे दिलों को रौशनी और आशा मिलती है, और इनकी हमें ज़रूरत है," एक जापानी ने कहा था।

कभी-कभी खुद हेलेन को इन चीज़ों की ज़रूरत पड़ जाती थी। जब दूसरा महायुद्ध शुरू हुआ तो हेलेन के दिमाग में उन सैनिकों की याद ताज़ा हो आई जो पहले महायुद्ध में अन्धे हो गए थे। इनकी सहायता किस प्रकार की जा सकती है? तभी किसीने उसे सुझाया, "तुम अस्पतालों में जाकर यह समझने की कोशिश क्यों नहीं करतीं कि इनके लिए तुम क्या कुछ कर सकती हो! तुम्हारे पास दो हाथ हैं, दिल है और अपना विश्वास है।"

अगले ढाई वर्षों में उसने पोली के साथ सत्तर से अधिक अस्पतालों का दौरा किया। उसने लोगों को समझाया कि अंधे या बहरे हो जाने से ही ज़िन्दगी खत्म नहीं हो जाती। उसने साबित किया कि रोज़मर्रा की ज़िन्दगी के वह जी भरकर मज़े लेती है और डटकर काम करती है।

अमरीकी अस्पतालों के बाद वह पोली के साथ इंग्लैण्ड, फ्रांस और इटली गई, और वहां युद्ध में अंधे हुए सैनिकों से मिली। इसके बाद वे ग्रीस गईं। वे ग्रीस में ही थीं कि उन्हें यह समाचार मिला कि उनका मकान जलकर राख हो गया है।

यह मकान उन्होंने वेस्ट पोर्ट, कनेक्टीकट, में खरीदा था। इसमें बड़ी मूल्यवान वस्तुएं थीं—अब वे हमेशा के लिए नष्ट हो गई थीं—टीचर के पत्र, मिसेज़ केलर, डा० बेल और कई दूसरे लोगों के पत्र, सब नष्ट हो गए थे। हेलेन की बहुमूल्य ब्रेल की पुस्तकें, जापान और दुनिया-भर के देशों से मिले सुन्दर उपहार—सब स्वाहा हो गए थे। लेकिन सबसे बड़ी हानि यह हुई थी कि पिछले बीस वर्षों से वह जो किताब लिख रही थी वह भी आग की भेंट चढ़ गई थी। 'टीचर' शीर्षक वाली इस किताब को हेलेन की अंतिम और श्रेष्ठतम पुस्तक सिद्ध होना था।

और कोई लेखक होता तो निराश होकर बैठ जाता। लेकिन एनी सुलिवान की शिष्या ऐसी कैसे हो सकती थी! उसने फिर से

काम शुरू कर दिया। अंधों और अंधे-बहरों की सहायता के लिए दुनिया के दौरों, और घर पर द अमेरिकन फाउंडेशन फार द ब्लाइंड, से जितना समय वह बचा पाती उसे लिखने में देती थी। आग के दस वर्ष बाद 'टीचर' पुस्तक रूप में प्रकाशित हो सकी।

टीचर जीवित होती तो गर्व का अनुभव करतीं। इसलिए नहीं कि किताब उनके बारे में थी, बल्कि इसलिए कि इस किताब के प्रकाशन के बाद हेलेन की गिनती वास्तविक महान लेखकों में की जाने लगी।

29

15 नवंबर सन् 1956 को हेलेन और पोली ने एक और यात्रा की। यह घर से ज़्यादा दूर नहीं थी—उन्हें परकिंस स्कूल फार द ब्लाइंड जाना था। उसे खास तौर पर, एक खास मौके के लिए, बुलाया गया था।

बिल्डिंग का बड़ा हाल पार करने के बाद वह, अनेक यादों से घिरी-घिरी, चुपचाप खड़ी हो गई। उसे लगा, हाल में अनेक ऐसे लोग मौजूद हैं जिनकी वजह से इस स्कूल में उसके दिन इतनी अच्छी तरह बीते थे—मि० एनैग्नोज़, मिसेज़ होपकिंस और कई अन्य। उसे लगा कि चलकर सबको ढूंढ़ निकालना चाहिए।

लेकिन इन सबमें से उसे अपनी टीचर सबसे ज़्यादा याद आ रही थी। स्वप्नाविष्ट-सी हेलेन ने अपना हाथ आगे फैला दिया। पोली टामसन ने उसका हाथ थाम लिया। अब हेलेन दुनिया-भर में सबसे ज़्यादा पोली को ही चाहती थी। लेकिन इस क्षण अचानक उसे लगा कि बीस सालों से वह उस दूसरे हाथ के स्पर्श के लिए तर-सती रही है।

लेकिन वह अपने बचपन की यादें ताज़ा करने मात्र के लिए परकिंस नहीं आई थी। उसे दो विशेष कार्यक्रमों में शामिल होना था। पहला कार्यक्रम 'हेलेन केलर डिनर' था, जिसमें बहरों और

अंधों को पढ़ानेवाले प्रसिद्ध शिक्षक उसके सम्मान में जमा हुए थे। डिनर के बाद वे बाहर गए। परकिंस के प्रेज़िडेंट डा० आगस्टस थार्न-डाइक के संक्षिप्त भाषण के बाद पोली ने हेलेन को आगे बढ़ाया।

पोली ने बहुत धीरे से हेलेन का हाथ परकिंस की सबसे नई इमारत के साइनबोर्ड के उभरे हुए अक्षरों पर रखा :

द केलर-मैसी हाउस...

बहरे-अंधे लड़के-लड़कियों को पढ़ाने और बहरे-अंधे बच्चों के शिक्षकों के प्रशिक्षण के लिए निर्मित संस्थान...

अपने भाषण के बाद घर लौटते समय हेलेन और पोली एक-दूसरे का हाथ पकड़े बैठी थीं। वे एक-दूसरे का मर्म समझती थीं। हेलेन सोच रही थी कि इस भवन पर हम दोनों के नाम अंकित देख-कर टीचर कितनी खुश हुई होतीं। घर जैसे कमरों को देखकर उनका जी खुश हो जाता क्योंकि उनका मत था कि सभी बच्चों के चारों ओर सुन्दर वातावरण होना चाहिए। हेलेन ने सोचा कि एक बात से शायद वह सबसे अधिक प्रसन्न होतीं। वह यह कि स्कूल के सभी शिक्षक और कर्मचारी बच्चों से इसी तरह व्यवहार करते हैं जैसे आंखों-कानों वाले बच्चों से किया जाता है। ये लोग एनी सुलिवान मैसी के चरण-चिह्नों पर चलेंगे। चूंकि वह और टीचर जीती रहीं, उन्होंने काम किया और सफल रही थीं, इसलिए दूसरे लोगों का जीवन तो और भी व्यापक, आशापूर्ण और सुखी होगा।

हेलेन केलर को महसूस हुआ कि टीचर को और उसे जो सम्मान आज दिया गया है उससे बढ़कर सम्मान इस संसार में नहीं हो सकता।

* * *